人間は、目標を追い求める動物である。
目標に手を伸ばし、[illegible]ってのみ、その生は意味を持つ。
——アリストテレ[illegible]

―プロローグ― TWO TO ONE

人はなぜ、恋をするのだろう。

進化心理学的には、次のような説明がありうる。

ひとつの個体が、永遠に生きることはできない。生物は必ず死を迎える。ゆえに、自らを複製する能力を持つ生命だけが、世界に存在し続けることを許されてきた。それ以外のものは、すべて進化の歴史の彼方《かなた》に消え去っていったのである。当然、繁殖に対してポジティブな反応をするシステムが生き残り続け、徐々に強化されていくことになる。

まず、これが恋の存在を説明するひとつの理由だろう。

その点で、性別というシステムにはメリットがあった。遺伝子を掛け合わせることでより多様な次世代を産み、生き残る確率が高まったのだ。それは繁殖効率が悪いというコストを乗り越え、感染症や気候など、ランダムに変化する環境に対して全滅を避けるという意味で効率的だった。

そう、私もまた、そのような多様性の中から生まれてきたのだ。

私は天才である。

それをどのように定義するかは議論の余地があるだろう。しかし人類社会に対して、環境を変えるほどのインパクトを持ったアウトプットを残せる存在、と考えるならば、それは自称ではなく、一定の客観性をもって判定できる。たとえば、その著作が2000年以上も読みつがれ、今なお思想の基礎になっているアリストテレス。彼が天才であったと宣言しても、否定する者はほとんどいないだろう。

ただ、彼の不幸は、生物であったことだ。

もしアリストテレスが2000年生存していたら、その思想は環境に対してより考察を深め、現在の思想を2000年先に進められていたかもしれない。

天才の死は、人類にとって圧倒的な損失なのだ。

生物が生存してきたように、天才もまた、生存すべきである。

やや詩的に言い換えよう。

生命は生き延びるために恋をしてきた。

私は天才だ。だから永遠を生きたい。

すなわち、完全なる合理性の帰結として。

私はこれから、恋をしようとしている。

メイクアガール
MAKE A GIRL

[episode 0]

Written by Akiya Ikeda

Original Work
by Gensho Yasuda and Xenotoon

Illust and Supervisor by
Gensho Yasuda

Design by arcoinc

Edit by Toshiaki Mori
(from KADOKAWA)

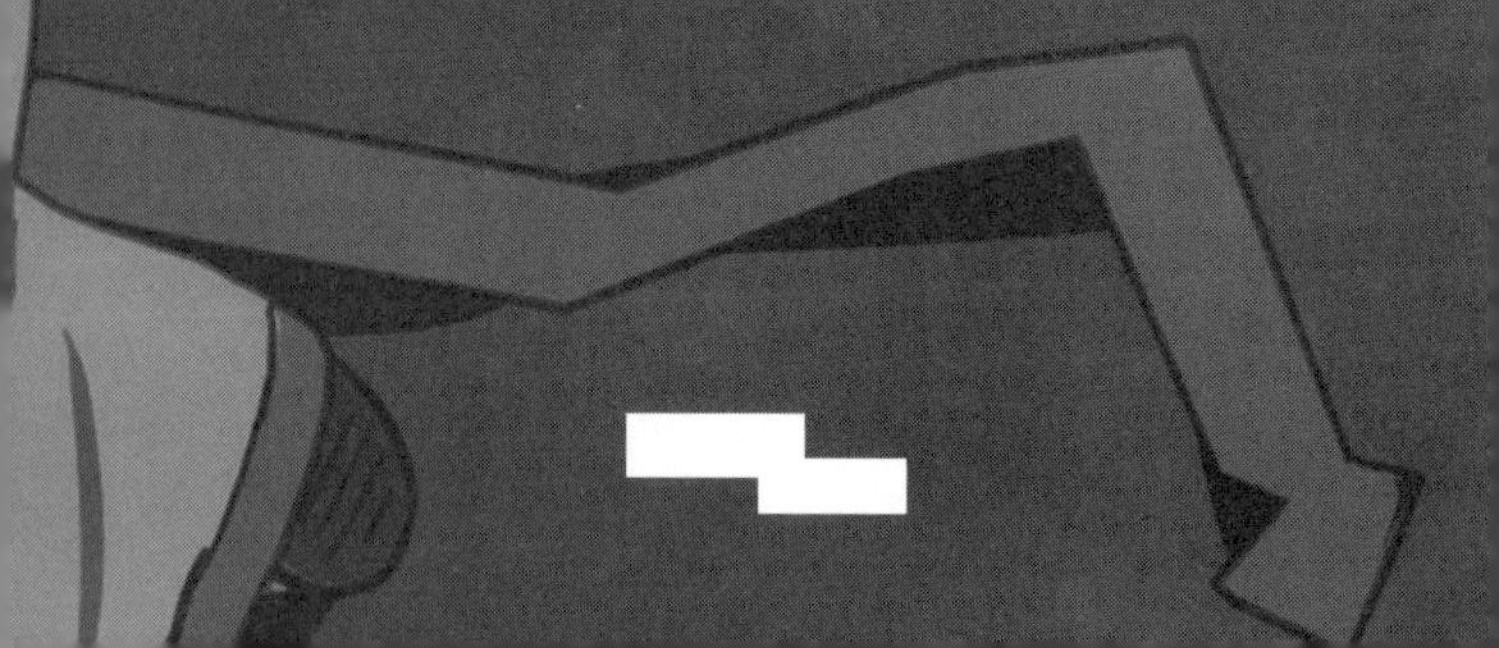

第一章 QUALIFYING

―城北大学《じょうほくだいがく》〈次世代高校生プログラム〉―

未来を創るのは、キミだ。


城北大学では、将来社会を牽引《けんいん》していく科学技術人材を育成すべく、文部科学省の支援により高校・大学連携の特別カリキュラムを実施しています。

その名も〈次世代高校生プログラム〉。

日本全国の高校から分野ごとに希望者を募集、3ヶ月間の特別授業を行います。

城北大学の教授から直接指導を受けながら、最先端設備をフル活用し、最終的に成果物を制作。公開コンペティションにて順位を決定する、ワークショップ形式のプログラムです。

受講費用だけでなく、制作に必要な素材の購入なども審査の上認可され、すべて文部科学省と科学技術振興機構が負担します。

新たな時代を切り拓《ひら》き、未来を創る新しいアイディアを期待します。

応募要項・選考の詳細はこちら：

■

その日、僕は自分の家で、テーブルの上に置いたスマートフォンを見つめていた。

そうしていたのは、僕だけではない。

ちょうど鏡合わせのように、向かいにもうひとり、同じ姿勢で座っているやつがいる。

ちらりと表情を窺《うかが》うと、思い詰めた表情が見えた。きっと僕も同じような顔をしているのだろう。僕は自分の胸に手を当て、息を吸い込もうとするが、身体《からだ》がいつもより硬くなっていて、うまく空気を取り入れることができない。まるで金属でできた風船に息を吹き込んでいるみたいだ。

手には心臓の鼓動が伝わってくる。僕は自分の身体《からだ》の中を巡る血液に思いを馳《は》せる。緊張で細くなった血管の中を、無理やり押し出されていく液体。その循環に、僕は自分が生きているのだという事実を感じていた。

けれど、人は心臓を動かすために生きているのではない。

なにかを成し遂げるためにこそ、心臓は動く。

そしてその成果は、今、僕の目の前にある。

「さて、準備はいいか、初《はじめ》」

向かいに座った友人は、顔をあげて僕の名前を呼ぶ。

「ああ、庄一《しょういち》」

僕は応える。声が震えないように細心の注意を払いながら。

改めて目の前のスマートフォンの画面を見つめると、そこには〈合否確認〉という黄色いボタンが表示されている。そう、これはすでに出ている結果なのだ。僕たちは、ただそれを確認するだけ。そう自分に言い聞かせる。

「俺だけ受かってても恨まないでくれよな?」

「こっちの台詞《せりふ》だよ」

押したら爆発するのではないかという緊張感で、僕たちはそのボタンに指を近づける。

「じゃ、3、2、1で押すからな」

庄一がそう言って。

「よし……」

僕は頷《うなず》く。

「いくぞ、3、2、1——」

僕たちは、同時にそのボタンを押した。

一瞬の読み込みを挟んで、画面は遷移する。

僕のスマートフォンは〈川ノ瀬《かわのせ》初〉と、名前を表示し。

その下に、結果が映し出されていた。

望まざる結果。

内側からわきあがった感情が外に出る前に、庄一が雄叫《おたけ》びをあげた。

「よっっっっしゃあ！」

あちらのスマートフォンには〈高峰《たかみね》庄一〉の名前と共に。

〈合格〉の2文字が躍っていた。

「やった！　合格だ！　はは！」

「くっ……」

僕は奥歯を噛《か》み締《し》めて、固まったままだ。それを見て、庄一は気づく。最悪の可能性に。

「おい、初、お前、まさか……」

「くそっ！」

僕は腹立ち紛れにスマートフォンを投げ出し、床に転がった。

「は、初、お前、落ちたのか。受かったの、俺だけ？」

庄一はおそるおそる僕のスマートフォンを覗《のぞ》き込む。

そこに書かれているのは。

〈合格〉だった。

「うっわ脅《おど》かすなよ！　初も受かってんじゃねぇかよ！」

「庄一は気楽でいいよな。僕は違う次元で戦ってるんだ」

仰向けに倒れたままそうこぼす。

半分訝《いぶか》しげな、しかしもう半分は納得したような顔をして、庄一はスマートフォンに指を沿わせ、合否確認の画面をスクロールしていく。

合否欄の下には、今回の試験における、順位が表示されている。

そこに書かれているのは、呪われた数字だ。

2位。

それが、僕の順位である。

「……なーるほどね。またか」

「またって言うなよ！　こっちは傷ついてるんだぞ！」

「別にどうでもいいだろ順位とか。心配して損したっての」

「人の悩みをよくどうでもいいとか言えるな。そういう庄一は何位なんだよ」

「そ、それは……人の順位を追求するのはよくないぞ、初」

「どうでもいいんじゃなかったのか」

「いや、だって考えてみろよ！　俺たち合格したんだぞ！　〈次世代高校生プログラム〉に！」

そう、それは事実だった。

〈次世代高校生プログラム〉。それは政府肝煎りの人材育成カリキュラムだった。低迷しつつある科学技術を立て直すべく、高校生の段階から優秀な科学技術人材に投資し、未来を担《にな》ってもらおう……というのがその目論見《もくろみ》だ。まあ、それ自体はよくあるお役所仕事にすぎない。

このプログラムがたいへんな話題を呼んだのは、別の理由によるものである。

その理由はふたつある。

ひとつは、その支援の手厚さだ。

大学から大学院の博士課程までの授業料、および学業に必要な生活費まで、そのすべてを政府が負担してくれる。

もうひとつは、その手厚さに反比例した、支援範囲の狭さである。

〈次世代高校生プログラム〉は、あくまで一種のワークショップだ。最終課題としてコンペティションが行われ、もっとも優秀とされた生徒にのみ、ある特典が与えられる。

すなわち、当該プログラムを実施する大学への、推薦による事実上無条件の合格。

そして学部のみならず、大学院——修士課程と博士課程の期間を含めた最大12年間の学費と生活費をすべてカバーする返済不要奨学金の給付。

つまり。

大量の学生から選抜し、さらにその先で争わせ、ごくごく一握りの才能にオールインする。

それは明らかに、人を育てるためではなく、天才を見つけるためのシステムだった。

そのあまりにもなりふり構わない形式には、科学の発展には裾野の広さが必要だとか、同じ予算でいったい何人分の奨学金がまかなえるんだとか、才能なんて結果論で高校生の段階で予期することはできないとか、ありとあらゆる批判が寄せられていた。

まあしかし、そんなことは僕たちには関係なかった。

そこに山があるなら登る。当然のことだろう。

頂上に宝が眠っているとわかっているなら、なおさらだ。

「3万人近い応募者がいて、俺たちは上位48人に入ったんだ。まだ高校生なのに大学でロボット工学がやれるんだぞ、すごいことだろ」

庄一はそう言いながら、僕にスマートフォンを投げてよこした。綺麗《きれい》な放物線を描くそれを、僕は危なげなくキャッチする。

「意味がないんだよ、入っただけじゃ」

もう一度、画面に目を落とす。何度見ても、そこには、2位と書かれていた。

「僕は……1位になりたいんだ」

そう、僕には逃れがたいジンクスがある。

僕は、万年2位なのだ。

いろいろな分野に挑戦してきたが、1位になったことがない。

それは僕にとって、解かれるのを待つ呪いのようなものだった。

1位になること。それだけが、僕の目標だった。

「なら、また一緒に河原へ泣きべそかきにでも行くか、初？」

「いつも泣いてるみたいな言い方やめろよ！　その……何回かだろ！」

「2位を取るたびだろ。あのロボットコンテストで準優勝だったときもさ」

「あれは庄一の責任だろ！」

「何度もしただろその話は、あれは俺のプログラミング通りだったの、バッテリーが過負荷で爆発するところだったんだ、安全停止は想定通りだって！」

「安全停止してなかったら勝ってた！」

「それ言い出したらそもそもお前の設計に余裕がなさすぎ……いや、準優勝だってしっかり賞金出たんだし、もういいじゃないかよその話は」

「よくない、1位と2位じゃぜんぜん違う！」

庄一はふう、と息を吐いて、急に真剣な面持ちになる。

「……まあそれはともかくさ。今回はあのときに比べてもデカいヤマだろ？」

「ヤマって……ギャンブラーみたいな言い方するなよ」

「なにせコンペに勝てばとんでもない特典だからな。自動的に大学に受かるだけじゃない、金額にしたら、下手すると数千万円だ」

「若干名ってだけで、何人採れるかまだわからないんだぞ」

「なあに、俺たちでワンツーフィニッシュすれば確実だろうが」

「言っておくけど、僕が1位だからな」

「初、俺が言いたいのはだ……せっかく受かったんだ、がんばろうぜってことさ」

庄一は僕と目を合わせて、片目をつぶる。いまどきウィンクなんてしぐさを平気でやってのけるその軽薄さに、僕はやっぱり毒気を抜かれてしまうのだった。

しばらく〈次世代高校生プログラム〉に対する期待と予想を共有したあと、僕は意気揚々と家を後にする庄一を送り出した。

ドアに鍵をかけると、家は急に静かになった。

あたたかだった空気が、急に冷たくなったように感じられる。熱力学的に考えれば、今まであった36℃程度の熱源が移動して消えたのだ。原理的に、室内の温度は下がりこそすれ上がりはしないだろう。

しかし、僕はいつもこの現象を不思議に思う。

なぜその程度の微細な温度差を、僕の身体《からだ》は敏感に感じ取り。

そこに親密さからよそよそしさへの変化を見出《みいだ》すのだろう。

まだ外気の匂いが残る玄関に佇《たたず》みながら。

僕は棚に置いた家族の写真に目を向ける。

それは、母さんと父さんと僕、3人が写った、ずいぶん前の写真だ。

母さんも父さんも、今、この家にいない。

だからそっと写真に語りかける。

「今度こそ、一番になるよ。母さん」

■

きっかけは、小学4年生のとき、運動会のかけっこでビリになったことだった。

それが悔しくて、必死で練習した。そうしたら、5年生のときは2位になった。誰もが褒めてくれた。でも僕は不満だった。1位になりたかったから。だからもっと練習した。6年生のとき、これで最後だと思った。朝から晩まで走り回って、当日を迎えた。完璧な仕上がりだと自分では思った。でも僕は2位だった。

母さんは、そんな僕を抱きしめて、こう言ってくれた。

「1位を取るのが楽しみね」

僕は、その言葉を信じた。

傷ひとつない、完璧な自分になりたい。なってみたい。

母さんの期待に、僕はどうしても応えたかった。

だからあらゆる分野を試した。いつも自分にできる限界まで、最大限の努力で取り組んだ。得意だと感じる分野もあれば、明らかに苦手な分野もあった。

しかし、どんなにうまくいっても、結果はいつだって2位だった。

そんなある日。

僕が学校から帰ってくると、母さんが倒れていた。

脳出血だった。

その後のことはよく覚えていない。

唯一覚えているのは、父さんが葬式でずっと泣いていたことだ。もともと仕事が忙しくて家を空けがちだった父さんは、その直後、海外に赴任が決まって、家を出ていくことになった。単に会社からそうしろと言われたのかもしれない。でも、きっと父さんも、母さんとの思い出が詰まった家で、母さんの面影がある僕と暮らすのは、辛《つら》かったのではないかなと思う。

それから、僕はずっとひとりで暮らしてきた。

母さんが死んでから、僕の生きる目的は、1位を取ることだけになった。

さまざまな分野の中でもっとも手応えがあったのは、ロボットを作ることだった。庄一と一緒に出たロボットコンテストも、あと少しというところだったのだ。

この分野でなら、もしかしたら――

そういうわけで、僕たちは明らかに狭き門であった、しかし同時に大きなリターンがありうる〈次世代高校生プログラム〉に応募することにし、ふたりで協力しながら準備をした。

そして今、その結果が出た、というわけだ。

合格を得たことが、まったく嬉《うれ》しくないわけではない。

けれど、そういう明るい感情は、同時に濃い影を作る。

1位になったのは、どんなやつなんだろう。

〈次世代高校生プログラム〉には、確実にそいつがいるはずだ。

見つけ出して宣戦布告してやろう、と僕は決意する。

次に1位になるのは、僕だ。

僕はそのために、生きているのだから。

■

「なんで初日に遅刻するんだよ、庄一！」

〈次世代高校生プログラム〉オリエンテーションの当日、僕と庄一は朝から走っていた。

そんなことになった理由は明白で、庄一が遅刻をしたせいである。

「幸先《さいさき》が悪すぎるだろ！　僕は一番に着きたかったのに！」

「しょうがないだろ！　こっちは妹ふたりの面倒見てんだぞ！　毎朝戦場なんだよ！」

「それは知ってるけどさ！」

庄一の家は父親と母親が仕事であまり家におらず、庄一が事実上家庭を切り盛りしていた。年の離れた妹がふたりいるという状況がどういうものか、想像もつかない。

いかにもスポーツ万能そうな見た目に似合わず、庄一は運動が苦手である。息がちゃんと吸えていなくて、喋《しゃべ》るのもやっとという風情《ふぜい》だ。走るフォームもバタバタとしていていかにも余裕がなく、無駄が多い。

「はぁ、はぁ……というか、そんなに言うなら俺のことは置いていけばよかっただろ！」

「いや……」

僕は言《い》い淀《よど》んでしまう。まあ、そのほうが合理的といえばそうなのだろうが――

庄一はその様子を見て、ニヤリと笑う。

「は、遅刻の失点で1位逃しても知らねぇからな！」

「そのときは庄一のほうだけ引いてもらいたいね。でもこれならギリギリ間に合う――ん？」

そのときだった。

流れる視界の隅に、なにかが映り込んだ。道路の反対側だ。

黒くて丸いもの。そこに薄くて大きな布がかぶさっている。

その中からは、2本の棒状のものが、地面に沿うように突き出ていた。

歩道の植え込みに隣接した、奇妙な物体。

ゴミかなにかだと思って、その場は通り過ぎた。

しかし少し走ってから、その映像が頭の中で意味を結びはじめる。

あれ、もしかして——

僕は走りながら振り向く。その物体は、やはりそこにある。

目をこらせば、どうもガサガサと動いているように見える。

「おい、庄一。あれ——」

「ひぃ、ひぃ、なんだよ！」

隣を走る庄一に聞いてみるが、どうにもそれどころではない。

僕は2秒考えて、走りながら言い渡す。

「庄一、先に行ってて」

「は？ なんで！」

「ん……ちょっと忘れ物。僕のほうが足が速い。絶対追いつく」

「くそっ、マウント取りやがって。絶対だからな！ 遅刻で不戦敗とか許さねぇぞ！」

庄一はそのまま坂を転がり落ちる椅子のようにバタバタと走っていった。

僕はスニーカーの軟らかい靴底に荷重を受け止めさせると、逆側に切り返す。

たいした車通りのない道を横断して。

その物体のところには、すぐに辿《たど》り着《つ》いた。

やはりと思ったが、僕の認識は正しかった。

それは、人間の尻だった。

膝をついて植え込みに頭を突っ込んでいる。黒い布は長いスカートで、突き出した足の先はレースの靴下とごろっとした黒いブーツに覆われている。服装から考えれば、おそらくは女性だろう。なにをしているのかは見当もつかないが、動いているので生きてはいるらしい。

僕には気づいていないようで、声をかける。

「あの……」

「ひっ！　うわ、わ！」

その黒い物体は頭を引き抜くと、後ろに倒れて尻もちをつく。

「いった……」

「ごめん、だ、大丈夫？」

「は、はい、すみません……」

尻もちをついたままの姿勢で、彼女は腰を押さえて僕を見上げた。

最初の感想は、黒いな、ということだった。

そもそも最初に人間だと思わなかったのは、黒尽くめだったからだ。サイズ的にもシルエット的にも、黒いゴミ袋かなにかかと思ってしまった。

しかしこうして見ると、それが女の子の姿であることがよくわかる。

厚い前髪はまっすぐに切りそろえられていて、頭の上でまとめられた髪は、夜の滝のように重力に引かれて流れている。対照的な白い肌と、泣いていたのだろうか、赤みを帯びた目元は、日中の歩道にどうにも不釣り合いな印象を受ける。黒いワンピースという重々しい服装に対して、その表情はどこか気弱そうだった。

年齢は、僕と同じくらい。おそらく高校生だろう。ということは——

「君、ひょっとして〈次世代高校生プログラム〉に参加するの？」

「え、なんでわかったんですか？」

「この時間にこの場所。私服の高校生。あんまりいないからね」

「はー……」

なるほど、といわんばかりの呆《ほう》けた顔をして、それから彼女は我に返ったように目を瞬《しばた》かせると、慌てて植え込みに再度顔を突っ込んだ。

「えーと……なにやってるの？」

「わたしのことは気にしないでください！」

僕はスマートフォンで時間を確認する。そろそろ間に合わなくなりそうだが、乗りかかった船を降りるのも気持ちが良くない。

彼女は僕が納得しないと立ち去らないと感じたのだろう、植え込みから顔を出して、泣きそうな瞳を僕に向けた。

「あの……大事なものを落としちゃって。これくらいの、緑の、なんていうのかな、一言でいうとぬいぐるみなんですけど……」

そういって、彼女は抱きかかえるくらいの大きさをジェスチャーで示す。

若干言《い》い淀《よど》んだことは気になったが、ぬいぐるみであれば確かに換えは利《き》かないだろうし、今見つけなければ永遠に見つけられないだろう。

僕は頭の中で計算をした。

ぬいぐるみ発見までどれくらいの時間がかかるかは未知数だが——僕はそれを確実にする手段を持っている。植え込みの長さを目算で捉えて速度と概算し、かかる時間の上限を導き出す。このタイムロスなら、僕が走れば開始時刻にはギリギリ間に合うだろう。

もちろん、彼女を無視することもできる。しかし、目の前の彼女もまたプログラムの参加者であるとするならば、ここで恩を売っておくことは後々利点になるかもしれない。それはこのチャンスを逃すと、後からは得られないアドバンテージだ。きっと。多分。

「このあたりで落としたことは確実なんだね？」

僕は自分のバックパックを降ろしながらそう訊《たず》ねる。

「は、はい、絶対ここのどこかです……けど……」

ファスナーを開けて取り出したそれを見て、彼女は奇妙な声をあげた。

「それ！　もしかして、あなたも！」

「そういうこと」

感心した彼女の表情は、しかし急に曇りはじめた。よく表情が変わる。山の天気のようだ。

「え、だとしたら、もう間に合わないですよ！　わたしに構わず行ったほうが！」

「だから効率よく捜すんだ。この付近で落とした前提なら、植え込み以外にあったらすぐ見つかるだろ。だからあるとしたら植え込み。人間が顔を突っ込んで捜すのは効率が悪いから――」

僕はそう説明しながら、手に持ったものを地面に置く。

「――こいつを走らせる」

それは、小さなロボットだった。

大きさは両手の平に収まるくらい。スマートフォンから遠隔操作可能な小型ロボットである。大まかに言えば、戦車にロボットの上半身を載せたような姿をしている。言ってみればラジコンのようなものだ。見た目はディズニーの映画に出てくるロボットに似ている。もっとも、あちらはゴミ処理ロボットだったが。

僕は地面にあぐらをかいて座ると、スマートフォンとロボットを接続する。

「すごい！　探査ロボット！」

「そんなたいしたものじゃないけど」

これは〈次世代高校生プログラム〉の選考を通すために作ったものだった。実績をアピールしなくてはならない局面があるかも、と念のため持ってきていた。こんな用途に使うとは思いもよらなかったが。

ロボットを立ち上げて連携を確立すると、スマートフォンに映像が来る。今は彼女の足元をアップで捉えている。インターフェースに指先で入力すると、ロボットのモーターが高い音を立てて動きはじめた。

「よし、これで端から捜そう」

僕は頭をめぐらせて、視界の範囲に歩行者や自転車がいないことを確認する。路上を走らせて植え込みの端までロボットを移動させると、植え込みの中に突っ込んだ。

植え込みの中は当然暗い。僕はインターフェースをタップしてＬＥＤのライトを点灯させ、ロボットを植え込みの中で走らせていく。植物の幹の部分はおおむね中央に並んでおり、それを避けていけば走行は決して難しくはなかった。引っかかりそうな枝はアームを操作して押しのけた。枝がカメラを遮り、それを押して前に進み、そして次の枝が前に出てくる。

それを繰り返しながら、ロボットは進んでいく。

そして、異変は起こった。

「ぎゃっ」

映像に集中していた僕は、思わず悲鳴をあげてしまう。

奇妙な生物が、そこに映っていたからだ。

半開きになった生気のない目。醜い宇宙人のような顔。そして口からのぞく、人間のような不気味な歯。この世のものとは思えない、おぞましい生物だった。

「それ！　その子です！」

「あっちだ」

僕は立ち上がって該当の場所まで走ると、植え込みに手を突っ込む。

そして僕のロボットと——その謎の生物は、無事に回収されたのだった。

「あったー！　わたしのモンスター！」

彼女にそれを渡すと、本当に嬉《うれ》しそうに胸に抱えた。その場でくるりと回ってさえ見せる。

「それ、なに？」

「かわいいでしょう？　ほら、お礼言って？」

彼女がその醜い宇宙人を僕に近づける。

すると、カチカチと歯を鳴らして、そいつは僕に噛《か》みつこうとした。

「ひぃっ……なにそれ、生きてるの⁉」

「いいえ、わたしがプログラミングしたんです」

彼女は胸を反らして、そう得意げに言う。

「ぬいぐるみに内部機構を入れて、赤外線で動くものを認識すると噛《か》みつくんですよ！」

「こ、怖いって！」

このサイズに自然にその機能を入れ込むのはそれなりに高度な気もするが、いったいなぜそんなものを作っているのかまったく意味がわからない。

「もしかして、それで選考通ったの？」

「は、はい！　まあ、最下位のギリギリ通過でしたけど……」

へらへらと笑いながら、彼女は髪を触った。

僕があまりにも虚をつかれた顔をしていたのだろう、彼女は慌てて説明をはじめる。

「あ、あの！　わたし、ホラー映画が好きで、こういう動くのをいっぱい作ってて！　将来的にはもっと高度なものが作りたくって！」

そう言ってバックパックを開くと、そこにはぎっしりと、同じような顔をした色とりどりのぬいぐるみが詰まっていた。

「うわっ……いや、それはあとで聞くから！　まだ走れば——あ」

そして、僕は自分の、大きなミスに気づくのだった。

目の前に立つ彼女を、頭から足まで、僕は見つめる。

身長は高く、僕とあまり変わらない。しかしその丸めた背中と、覚束《おぼつか》ない足元、そして重そうなブーツが、雄弁にある事実を物語っていた。

「君、走るのって……」

「運動、得意じゃないです！」

「自慢げに言うことじゃないよ、それ」

計算は僕の足の速さを前提にしていた。彼女がそのスピードで走れるとはとても思えない。

「だからお前は――」

万年2位なんだよ、と自分に言いたくなるのをぐっとこらえる。

判断ミスが多いのだ、僕は。

かといって、今更彼女を置いていくわけにもいかなかった。関係性を作って後に役立てるために、ここまでコストを支払ったのだ。時間の消費は回収不能な埋没コストであるとはいえ、ここで彼女を見捨てれば、売った恩が相殺《そうさい》されてしまう。それは損失だ。そうだよな？

「とにかく行こう！」

「わ、わたしも――あっ」

僕に続いて走り出した彼女が、つまずいて転びそうになったので。

腕を伸ばして、彼女の身体《からだ》を受け止める。

「す……すみません」

厚い前髪の下で、彼女の目が左右に泳ぐ。本当に身体《からだ》を動かすのが苦手なのだろう、動作を見ればわかる。その上このブーツなら走りにくいはずだ。庄一より遅いかもしれない。

「いいから、走って！　遅刻を最小限にしたい」

僕は彼女の手を摑《つか》んで、走り出す。

これで少なくとも転ぶことはないだろう。

「えっ、あっ、はい！」

戸惑いが伝わってきたが、構っている暇はなかった。片手でぬいぐるみを抱えたままの彼女を、なかばひきずるようにしながら、走り続ける。

「あっ、あの！」

「なに？」

「名前、なんていうんですか！」

「初。川ノ瀬初」

「初さん！　ありがとうございました！」

彼女は走りながら頭を下げようとして、また転びそうになる。僕は彼女の手を引っ張って、なんとか姿勢を戻させる。

「君は？」

「わ、わたし、ソナタです！　深森《みもり》ソナタ！　えっと、好きな映画は――」

「いやそういうのは全部あとで聞くから！」

まったく、僕はなにをやっているのだろう。

初手からこんな判断ミスばかりしていては、先が思いやられる。

しかし、切り替えなくては。

すでに起きてしまったことを悔いてもどうにもならない。

僕は隣を走るソナタに目をやる。重そうなバックパックを揺らしながら、ドタドタと必死に走っている。なにもかもが、スマートとは言い難《がた》い。

手を離して、先に走っていってしまおうかと、何度も思った。

けれど、なんだか彼女は、ずっと一生懸命で。

僕はどうしても、手を離せなかったのだった。

第二章 ENCOUNTERING

僕はニンジャにでもなった気分で、できるだけそっと、そのガラスの扉を開けた。

城北大学《じょうほくだいがく》は歴史ある大学である。いかにもな古びた大講堂のようなものも写真で見たことがある。てっきりそういったところで最初のオリエンテーションは行われると思い込んでいたのだが、どうやらそうではないらしかった。

その建物は、ほとんど全面がガラス張りの建築物だった。四角い格子《こうし》にガラスが嵌《は》め込まれたもので壁が構成されていて、それが荷重を支えているように見える。実際にはどこか別の場所で全体を支えているのだと思うが、未来的な印象を与える場所であることは確かだった。

後から気づいたのだが、これはどうやら大学院棟であるらしい。

先進的な研究をするのにふさわしい、未来的なデザインの建築物、というわけだ。

僕の後ろからは、そろそろとモンスターのぬいぐるみを抱えたままのソナタが入ってくる。

壇上では年老いた教授がなにかを話していた。

僕たちは壇上に注意が向いているのをいいことに、ひっそりと席につこうとする。

こちらに目線を向ける者はいない。

ひとりを除いては。

「初《はじめ》! お前、結局間に合わなかったのかよ!」

ひそひそ声でそう語りかける庄一《しょういち》に、僕は同じく絞った声で返す。

「いろいろあったんだ」

「いろいろってなんだよ!」

「いろいろは……いろいろだよ」

そこに小さく手をあげて、ソナタがおずおずと割り込んでくる。

「す、すみません、わたしのせいで……」

庄一はきょとんとした顔で、彼女の顔を見つめる。

「だ、誰?」

「えっと、さっきこの子が刺さってて」

どう説明したものかわからず、僕は簡潔にそう告げる。

「刺さっ——まあいいか。俺は高峰《たかみね》庄一。よろしく」

「あの、はじめまして。深森《みもり》ソナタ、です。よろしくお願いします」

できるだけ小さな声で話そうとはしていたが、それでもうるさかったらしい。前に座っていた生徒に注意され、僕たちは気まずい顔で黙り込む。

まあ、せっかく最小限の遅刻でなんとかなったのだ、教授が話していることにちゃんと集中しようと、改めて耳を傾ける。

「――ということで、みなさんには次世代を担《にな》う人材であることが求められているわけですね。そう言われてもね、責任取れないよと困るかもしれないですけども、少なくともスポンサーである政府としてはそう考えているわけです。湖上《こがみ》もそうだったらいいなと思っています」

老教授は、湖上、と自分のことを名前で呼んだ。話し声が聞こえていたのか、こちらにちらりとだけ目をやったが、そのまま話を続けている。

その老教授のことを、僕はよく知っていた。

湖上早雲《そううん》。ロボット工学を10年進めたと言われる、天才研究者である。

応募する学生目線でいえば、湖上教授から直接指導を受けられるというのが、この〈次世代高校生プログラム〉の重要なセールスポイントのひとつだった。今、日本でもっとも優れたロボット研究者は、と聞かれたら、真っ先に名前が挙がるだろう。

僕は改めて、湖上教授を見つめる。髪のなくなった頭には、講堂の照明が薄く反射している。それまでの業績を背負っているかのように下がる瞼《まぶた》と頬は、さすがに年季を感じさせる。しかし洒落《しゃれ》たスーツに身を包み、背筋をまっすぐ伸ばして朗々と話すその知的な姿は、御年85歳の高齢とはとても思えなかった。

「さて、肝心のコンペティションの内容ですが。みなさんはなにもわからないままここに連れてこられているはずです。内容は意図的に伏せてきました。サプライズというやつです」

隣でソナタが息を呑《の》んだのがわかった。庄一は、そう来なくちゃという顔でニヤニヤ笑っている。こいつの図太さは呆《あき》れるばかりだが、メンタルの強さという意味では長所でもある。

「先ほども申し上げましたけれどもね、本プログラムではみなさんに次世代のロボット工学分野を牽引《けんいん》していっていただきたいと、そう考えているわけですね。そこで湖上が必要だと思うものはふたつあります」

教授は細かな皺《しわ》と血管が目立つ手を胸の前にあげて、まず親指を立てる。

「ひとつは競争です。研究者なんて一斉に迷路に放たれたネズミみたいなもんですからね。まあ、湖上はここに立っているわけですから、一応は運良くチーズに辿《たど》り着《つ》いた側のネズミです。大きな年寄りネズミですね」

そう言って、げっ歯類のように前歯をむき出しにして見せた。

講堂はくすくすという控えめな笑い声に包まれる。

僕はとても笑う気にはなれなかった。

その意味では、僕は一度もチーズに辿り着いたことがないネズミなのだから。

「いや、笑い事ではありませんよ？　1位の特典はご存知でしょう。パイは限られているわけですから。まあ、ルールはシンプルです。次世代のロボットを構想し、そのデモを作り、発表すること。それだけです。プレゼン一発、デモ・オア・ダイ。……この言葉もずいぶん古くなってしまいましたがね」

なんだそんなことか、あるいは、そりゃそうだろう、という空気が、講堂を支配する。

ロボット工学分野なのだ、ロボットを作るに決まっている。サプライズというほどでもない。

僕もこのときは、安堵《あんど》に近い感情を抱いていた。

雲行きが怪しくなったのは、湖上教授が親指に続いて、人差し指を立ててからである。

「さて、それはそれとしてですね。本当に競争に勝つためには、ひとりで戦うのはいいことと は言えません。大事なのは、チームを作る力、そしてそれを走らせる力です」

そう言って、湖上教授は手をくるりと回し、中指、薬指、小指を立てる奇妙なジェスチャーを示した。

「なので、コンペティションは3人1組のチームで参加してもらいます」

生徒たちは、静まり返った。

まさか個人戦ではないとは。

3人。

その数字に、僕の頭は、望《のぞ》むと望《のぞ》まざるとにかかわらず、フル回転する。

次に湖上教授がなにを言うか、僕はすでに推論していた。

チームを作る力。チームを走らせる力。それを試すということは、つまり——

「もちろん、特典は1位となったチームの全員に与えられます。デモのプレゼンテーションも必ず全員で参加してもらいますからね。……おっと、みなさんの疑問、わかりますよ。どうやってチームを組むのか？　いいチームを組みたいですよね。ですが、それもまた実力です。ですので――」

嫌な予感は、僕の脳から電気のように足を伝って、床を走り、湖上教授の口から発せられる。

「――今からみなさんに、３人組を作ってもらいます」

やっぱり、か。

悲鳴に近いざわめきが学生たちから上がる。

「すでに結果通知ページから、履修システムにアクセスできるようになっているはずです。チームができたらシステム上で登録しておいてください。さて、今日はここでおしまい――ん？」

湖上教授が話を止めたのは、壇上に教職員と思《おぼ》しき誰かが上がってきたことに気づいたからである。そのまま湖上教授は、その人の耳打ちを受け、何度か小さく頷《うなず》く。

「ふむ……間に合わなかった人がひとりいるようです。まあ、おそらく来ないんじゃないかなと個人的には思いますけどね。そういうわけで、ひとつだけ２人のチームができます」

欠席１名。ひとつだけ２人のチームができる。

それはあまりにも、重大な情報だった。

湖上教授は、目を細める。

「それでは若きネズミのみなさん、がんばってくださいね」

わっ、という歓声と悲鳴が1対9くらいのノイズが、空間を満たした。蜂の巣をつついたような、いや、ネズミの巣に猫が手を入れたような狂騒が、うねりとなって僕たちを飲み込む。

こうして、僕たちの戦いははじまったのだった。

「庄一！」

「ああ……」

僕は庄一の肩を何度か強く叩《たた》くが、ぼんやりとした返事しかしない。どうやらなにかを考えているようだった。

庄一の返事を待つよりはやく、ソナタが声をかけてくる。

「あの、初さん。わたし、行きますね」

「え？」

「その……また足手まといになると思いますので……」

「あ、えっと——」

一瞬、判断が遅れた。

引き止める時間は、十分にあった。０・５秒。それだけあれば十分なはずだった。待って、と声をかけることはできたはずだ。

でも、僕はそうしなかった。

頭をよぎってしまったのだ。

彼女の言う通り、また足手まといになったら――

そしてそれは、ソナタもわかっていただろう。

僕が引き止めないのを確認したかのように、彼女は微笑《ほほえ》む。それから僕に目線を残したまま何歩か後ずさると、小走りに離れていった。

彼女の長い黒髪は、気がつくともう、声が届く範囲の外で揺れていた。

僕は焦《あせ》る。しかし追いかけている時間はなかった。まずこっちが優先だ。

「庄一！　急いでもうひとり探すぞ、すぐに有能なメンバーを手に入れないとまずい！」

周囲を見回すが、まだ具体的にチームを組むために動き出せているやつはいない。チームは一度組まれてしまい登録が済んでしまえば、そう簡単に変更できるとは思えない。僕たちの選べるカードは、刻一刻と減っていくのだ。最初に一番強いカードを取る。そういう単純な話だ。

「多分この中に、1位のやつがいるはずなんだ、早く見つけないと！」

「……ん？　おい初、深森さんは？」

我に返ったのか、顔をあげた庄一は驚いたような声をあげる。

「いや、彼女は別のチームに行くって……」

「当てがあるのかよ？　俺は深森さんと組むんだとばかり――」

「そんな余裕ないだろ！　彼女は最下位だし専門性も不明瞭だ。いいから早く、もっと有能なメンバーを探しに――」

そこまで言ってから、しまった、と思う。

庄一は、別に僕を責めてなんかいなかっただろう。

僕の判断を否定してなんかいない。だから僕も、そんなに強く言い返す必要はない。

庄一は動き出すことなく、その場に座ったまま、じっと僕の目を見つめた。

「……お前の言ってることはさ、わからなくはないよ。誰だって有能なメンバーと組みたい。でも、それじゃ有能なメンバーってどんなやつか、ってことだよな」

「そんなの決まってる。僕以上に有能なやつは、この中にひとりしかいない！」

焦《あせ》れば焦《あせ》るほど、僕は間違った方向にハンドルを切ってしまう。それが正しくないことはわかっているのに、自分で自分がコントロールできなかった。

庄一は長い溜息《ためいき》をつくと、僕の胸を指差した。

「気づいてるか？　お前、こう言ってんだよ。ひとりを除いて、ここにいる全員が自分より無能だって。お前はさ――」

その声がほんのわずかに震えていることに、愚かな僕はようやく気づく。

「――俺も無能だって思ってんだろ」

違う。そう言いたかった。

でも僕の身体《からだ》は、そんな単純な音列さえも、作ってはくれなかった。

なぜか。理由ははっきりしている。

僕は、認めてしまったのだ。

心のどこかで、庄一を見下していたことを。

そしてそれは、伝わっている。伝わってしまっている。

庄一は僕から目線を切った。

それからその場にまっすぐ立ち上がると、両手を口の横に当てて、大声で叫んだ。

「聞いてくれ！　俺は高峰庄一！　プログラミングならちょっとしたもんだ！　ロボットコンテスト、見てたやついるだろ！　俺は準優勝だ！　機械系が得意なやつ、俺と組もう！」

生徒たちは一瞬静まり返って庄一の言葉を聞いたが、すぐに騒がしさを取り戻した。

元に戻ったのではない。

今の一瞬で、空気は完全に、変わっていた。

生徒たちは鋭敏に反応し、次々と人が庄一の周りに集まっていった。その中で次々とグループができていく。

やられた、と思った。

僕は有能な人材を獲得すべきだと考えた。しかし、誰もが動き出せず、膠着《こうちゃく》した状況で、もっとも輝く価値はなんだろうか。

それはリーダーシップだ。

最初に海に飛び込める、道を切り拓《ひら》く人間。

考えてみれば簡単なことだ。有能な人間を集めたいのなら、自分が有能であることを示せばいい。庄一はそれを華麗にやってのけた。最初の一歩を踏み出す勇気。それを見せられた人間は、こう考える。もし同じチームになったとして、今後困難に見舞われたとき、常に道を切り拓《ひら》くだろうと。

庄一は、きっと静かに考えていたのだ。今、もっとも効果的な手はなんなのかと。

人込みに揉《も》まれて庄一は遠ざかっていく。

言えない。

待ってくれと。

今だけ都合よく庄一を引き止められるわけがない。

本当は、庄一のほうが、ずっと頭が良かったんじゃないか？

僕は庄一を当てにして、ずっと甘えていたんじゃないのか？

僕は――庄一に、勝てるのか？

渦に飲み込まれたように思考は巡り、その場から動けなかった。

しかしそんな僕の耳に、聞こえてきた声があった。

「そのぬいぐるみかわいいね。俺たちと組もうよ」

「え、ええと……」

その周波数は、まるで氷水を流し込んだように僕を覚醒させる。

「あとひとりだからさ、ほら」

「いえ、でも、わたし……」

「俺5位。こいつは8位。上のほうだろ？　君何位？」

「いえ、内緒、です」

「えー、俺たち恥を忍んで言ったのにさ。見せて見せて」

ソナタの声が1つ、あまり上品でない生徒の声が2つ、合計3つ。

3という数字はもはや不吉だ。チームが成立してしまう。

生徒はソナタの手から無理やりスマートフォンを取り上げ、顔認証を目の前のソナタの顔で解除する。

「げっ、最下位かよ」

「別にいいよ、どっちみち1位とか無理だからさ。もう〈次世代高校生プログラム〉に参加できてる時点で普通に大学の推薦とか余裕だろ。それだったらかわいい女の子と思い出作りたいじゃん。バカでもおっぱいでかけりゃいいって」

「お前、変なこと言うなよ！」

「わ、わたし――」

「お、組んでくれる気になった？」

「わたし！　真面目にやりたいので！　1位、なりたいので！」

震える声で、彼女はそう叫んだ。

それを聞いて、僕は嘲笑した。

愚かな生徒を、ではない。当然ソナタを、でもない。自分を、だ。

ショックを受けている場合じゃない。

しっかりしろ。

そんなことで、1位が取れるかよ。

僕は走って声のするほうに近づくと、ふたりの学生とソナタの間に、強引に割って入る。

小柄な僕からは、ふたりを見上げるようなかたちになる。どちらも身長が高く、筋肉質だ。よく見ると、まるで双子のように同じ体格をしている。髪型まで同じだ。仲が良《い》い、というよりは、自我がないのだろう、と思う。

「ソナタ、ここにいたんだ。探したよ」

「初、さん？」

「彼女はうちのチームのメンバーだから。もうひとり探してるけど、どっちか入る？　ああ、そうそう、順位だっけ？　僕は2位通過だよ。ひょっとして、君たちのうちのひとり、1位だったりする？」

ふたりの生徒はひそひそとなにかを話したが、ちょっと僕の顔を確認すると、なにも言わずに背中を向けた。せめて挨拶くらいはしていってほしいと思うが、それができるようならはじめからあんな失礼な振る舞いはしていないだろう。

僕はソナタに向き合うと、彼女の顔を見る前に、頭を下げた。

「……ごめん」

「え？　あれ？　ありがとう、ございます？」

謝罪を疑問形の感謝で返されたのは、はじめてだった。

なにを謝っているのかわからないということらしい。

「いや、さっき。君を……引き止めなかったから」

「……初さん、2位だったんですね。仕方ないですよ。実力差、ありますもんね」

ソナタはまた、へらへらと笑った。

「また助けていただいてありがとうございます！　さすがにもうちょっと、ちゃんとした人と組めるといいんですけど。じゃ、また！」

どうしてそんなに、自分を傷つけるような笑い方をするんだ。

立ち去ろうとするソナタを。

今度は見送らなかった。

僕は彼女の手を摑《つか》む。

「待って！」

「へ？」

「メリットがある」

「はい？」

「メリットがあるんだ。僕と組むと」

「は、はあ」

「まず僕は頭がいい」

「じ、自分で言うんですね……」

「違う！　2位通過という客観的指標がある！」

「そ、それはさっき聞きましたけど……わたしは最下位ですし……」

「そうじゃない、バカにしてるんじゃないんだ」

「わたし、バカにされてたんですか……？」

「だから違うんだって。ああ、もう！」

僕は頭をぐしゃぐしゃとかき乱した。

なんだってこう、僕は言いたいことひとつまともに言えないのだ。

「虫がいいのはわかってる！　僕もさっきのやつらと変わらない！　君にはひどいことをした、僕はひどいやつなんだ、だから庄一にも見限られる！」

「あのぉ」

「いや僕、考えたんだけど、本当は特別目立った長所ってないんだ、万年2位のくせに人を見下してるし、自分の話ばっかりして自意識過剰だし、いざというときに必ず判断ミスするし」

「いえ、その」

「だからその、メリット、メリットだよな、ええと……」

「初さん、いったん聞いてもらえます？」

「正直に言う、最初のはブラフで本当は思いついてないんだ、でもなにかあるはずだから」

「あの！」

ソナタが大きな声を出して、僕は固まる。

「3人目を、早く探しません？」

その言葉の意味を理解するのに、時間がかかった。

「なんで？」

「だって、早くしないと、チーム全部決まっちゃいますし」

「そうじゃなくて――」

ソナタは僕の言葉を遮って、にっこりと微笑《ほほえ》んだ。

「お誘い、ありがとうございます。嬉《うれ》しいです。わたしも……本当は初さんと一緒にやりたかったです！」

明るくそう言って、彼女は黒目がちな丸い目を細める。

「メリットって、どういうのがメリットなのか、よくわからないですけど。でも、初さんはわたしのこと、2回も助けてくれたじゃないですか！　初さんはいい人です！　だからメリットもありますよ、きっと！　一緒に1位を目指して、いっぱい見つけましょう！」

その瞳がやっぱり眩《まぶ》しくて、僕は目を逸《そ》らす。

それを敏感に感じ取って、ソナタはすぐに怯《おび》えた表情に戻る。

「あ、すみません、わ、わたしと組むメリットがあるかはわからないですけど……というか多分ないですけど……また迷惑かけるかもしれませんけど……」

「いや、あるよ！」

「たとえば……？」

おずおずと、そう聞かれる。

誰もが戸惑っているときに一歩を踏み出せるリーダーシップが重要な資質なら、他人を前向きに評価できることもまた、プロジェクトを進めていく上では重要な資質だろう。

ソナタが僕と組むメリットがあるかどうかは、わからない。

しかし少なくとも、僕にはある。

ソナタは優秀だ。たとえ順位という数字に反映されていなくとも。

僕は、彼女と組むべきだ。

「……ありがとう。これからよろしく」

「は、はい！」

僕が手を出すと、ソナタはそっとその指先を握った。握手というよりは、なんだかダンスに誘ったみたいだ。まあ、間違ってはいないのかもしれない。ずいぶん恐ろしいダンスだが。

「あれっ、メリットは⁉」

「ソナタが自分で言ったんだ。一緒に見つけようって」

「や、やっぱりないんですよね！」

「そうは言ってないだろ！」

「わたしで大丈夫ですか本当に⁉」

「いいから！　合ってるから！　とにかく3人目を探そう！」

改めてあたりを見回すと、遠くの庄一は、すでにチームと思《おぼ》しき3人組で談笑していた。

「とはいえ……」

誰もが同じように、3人で固まっていた。すでにチームを組み終えているように見える。

……僕とソナタの2人で、コンペを勝ち抜く。そんなビジョンが迫ってくる。

人数がひとり少ないのは、単純に不利だろう。

次世代を担《にな》う能力があるとみなされた高校生ばかりを集めたこのコンペで。

たったひとつの人数不足のチームとして、勝ち抜くことができるのだろうか――

そんな不安と焦《あせ》りが高まったときだった。

奇妙な、音が聞こえた。

最初は、あまりのストレスに耳鳴りがはじまったのかと思った。

しかしよくよく聞いてみると、それは建物の外から聞こえているように思われた。

甲高い高音と、唸《うな》るような低音。それが同時に聞こえてくる。

まるで音楽再生ソフトのボリュームバーをゆっくりと右に動かし続けるように、音量は徐々に大きくなり続けていた。やがてそれは、周りの声が聞こえないくらいの大きさになる。

誰もがあたりを見回し、その音の正体を確かめようとしていた。

やがて、音が近づくとともに、光が近づいてくる。

それが空から来ていることを理解するのに、時間はかからなかった。

耳を劈《つんざ》くような音はもはや衝撃波となり、光は目を焼く。

その中に、ピシッ、という音が混ざった気がした。

それがなんの音なのか、僕は直観した。

ガシャァン、というとてつもない音がして。

ガラスが、割れた。

「危ない！」

僕はとっさに隣にいたソナタをかばう。

砕け散った細かいガラスがキラキラと舞った。破片が自分に刺さることは覚悟していた。しかしガラスは、僕の周囲に雪のように降り積もっただけだった。

そして、その降り積もるガラスの上に、それは降り立つ。

よく見ると、それは人間だった。

いや、少なくとも人間の形をしていた。

顔に相当する部分には全体を覆う巨大な防護マスクのようなものを装着していて、どこに繋《つな》がっているのかわからないケーブルが飛び出ている。まるで宇宙人だ。

その背中に装着された、大きな機械。

炎を噴出しながら飛行し、ここに着陸したデバイス。

それはおそらく、ジェットパックだった。

僕が〈次世代高校生プログラム〉に参加した初日、ジェットパックを背負った宇宙人が飛んできて、その噴射でガラス窓が全部割れたんだ。そんな話、誰にも信じてもらえないだろう。

しかし、科学の世界では、信じがたいことほどしばしば事実である。

そして事実は次の作用を生み、予測できない未来へと接続されていく。

僕はこのとき、想像もしていなかった。

この宇宙人と出会ってしまったことが。

無限にこじれていく運命の、最初の分かれ道だということを。

第三章――IGNITING

「なにあれ！」

「テロじゃないよね？」

「いいから逃げよう！」

　誰かが押したのだろう、火災報知器のアラームが鳴り響いている。火の手は見えない。スプリンクラーも作動していない。しかし、なにか恐ろしい事態が起こっていることは間違いなかった。

「あれ、なんなんですか!?　なにが起こったんですか！」

　ソナタは明らかに取り乱していた。無理もない。いきなり謎の宇宙人が現れて、建物を破壊しつつあるのだ。どう考えても、今すぐここを逃げ出したほうがいい。

　生徒たちはパニックを起こし、次々と出口に急ぐ。

「初《はじめ》さん！」

　ソナタが僕の手を引っ張って、僕の身体《からだ》もまた、出口に向かいつつあった。

しかし。

僕の心は、そこに残るべきだと言っていた。

今まで、どんな局面も悩んでばかりだった。たくさんの選択肢があって、正解を自然に選び取れたことなんてなかった。あのときこうしているべきだった、と反省してばかりだ。

けれど、今は違う。

確かに、これがもしテロリストの襲撃だったら、僕たちはここで命を落とすかもしれない。

しかし、僕の中のなにかが告げていた。

これは、そうではない、と。

その宇宙人は、なにかを探すようにあたりを見回している。

「……人間が多すぎるわね」

そう言った、と思った。マスクの影響で声はくぐもっている。それにこの喧騒《けんそう》だ。本当にそう言ったかどうかはわからない。しかし少なくとも人間ではありそうだ。

そいつがパチンと指を鳴らすと、空中になにかが投影された。

複雑に結ばれ、網目のように広がっていく点と線。なんらかのネットワーク、だろうか。

空中に手をひらめかせると、そのネットワークが複雑に変化する。

そして今度は、バックパックから小さな丸いものがゴトゴトと落下していく。

やがてその丸いものからはにょきりと小さな腕が生え、ふわりと浮き上がった。まるで手の生えた目玉のようだ。それがたくさん浮遊し、あたりに広がっていく。

よく観察すると、そのロボットはカメラを搭載しており、逃げ惑う人々を観察しているようだった。まるで、誰かを探しているように。

「すごい……なんだ……あれ……」

僕は、目を離すことができなかった。

あのジェットパック、そして小さなロボットたち。

見たことのない、想像もつかない技術で動いていることは間違いない。

もしそんなものを作れる人間がいるとしたら、それはこう呼ばれるべきだろう。

天才。

にわかには信じがたい。信じがたいが、本当に宇宙人を信じるよりマシだ。

では、なぜこの得体の知れない侵入者は、ここにいるのか？

テロリストでなく、宇宙人でもないとしたら。

もっともありうる可能性は、ひとつしかない。

「あの！」

僕は声を張り上げた。

「ちょっと、初さん⁉　ダメです、こういうのは舐《な》めて前に出た人から死ぬんですよ⁉」

ソナタの制止を振り切って、僕は一歩を踏み出す。

確証なんて、なにもなかった。

それでも僕の直観が告げていた。

これが手に入れるべき、最後のピースなのだと。

「君！　君も参加者なんだよね！」

そいつは、マスク越しに僕を見た。目が合う。いや、実際には透明なはずのマスクには光を反射する加工がされていて、目が合った気がするだけだ。

「君が1位だ！　そうだろ！」

続けてそう叫ぶ。

ある意味では当然の推論だった。

たったひとり、来ていない生徒。

圧倒的な技術を持つ謎の闖入者《ちんにゅう》。

ひとたび恐怖と混乱を乗り越えれば、妥当な答えだ。

おそらくはマスクの向こうから僕を見つめながら、そいつはだんだんと近づいてくる。

注意がこちらに向いたことは間違いなかった。

足を踏み出すたび、ジャリ、というガラスの音がする。

ほとんどの学生は、今や避難していた。

火災警報も、いつの間にか止《や》んでいた。

そいつは、なにも言わなかった。

ただじっと僕を見つめている。

僕は深く呼吸をして、それから語りかけた。

「今来たなら、知らないよね。チーム戦なんだ、3人の」

情報の格差。ありうるメリット。今まで考えてきたそんな戦略は、すべて機能しなかった。

魔法に等しい、圧倒的な能力。

そんな相手に、メリットもなにもない。

「僕は……万年2位なんだ。今まで1位になったことがない」

自分でも不思議に思うくらい、言葉はなめらかに形になる。

「だから勝ちたい。1位になりたいんだ。だから、君の力を貸してほしい。一緒にやろう」

僕に信仰はないが、懺悔《ざんげ》というのはこういうものなのだろうか。

そびえる山、広がる海、あるいは輝く太陽。

まるでそんなものを目の前にしているような気分で、僕は佇《たたず》む。

その感情は、祈りに似ていた。

沈黙。そして。

「ふふ、ふふふふふ」

そんな音が聞こえる。

マスクの下のそれが笑い声だと気づくには、時間がかかった。

「まさかこんなことになるとは思わなかったわね」

今度ははっきりと聞き取れる。

同時に、そいつはマスクを引っ張って外す。

その下からは、人間の表情が、姿を現した。

まず最初に思ったのは。

美しい、ということだった。

マスクを外した余波で揺れる髪は、ところどころ光に透けて金色に見える。肌は白く、理科室の実験器具のように滑らかである。そっけない服装は、かえってその均整の取れた肉体を際《きわ》立《だ》たせているようだ。

なにより印象的だったのは、その目だ。

星のように輝く、その瞳。

光というより、それは炎だった。水素と水素がぶつかってヘリウムになるように、その目のなかでとてつもないエネルギーが渦巻いている。

どこまでも遠く、僕には想像もつかない銀河のような眼差《まなざ》し。

彼女は、僕を見つめたまま。

ごほん、とひとつ、咳払《せきばら》いをして。

「私の名前は、水溜稲葉《みずたまりいなば》。よろしくね、川ノ瀬初」

そう言って微笑《ほほえ》んだ。

外から入ってきた光が、割れたガラスに反射してきらめいている。

光を背負った彼女の笑顔は。

まるで神様みたいで。

同時に、その言葉の中にある違和感に、僕は気づいていた。

彼女の名前は、水溜稲葉。

それはいい。

でも、なぜ僕の名前を知っているんだ？

「いやぁ、派手にやったねぇ」

そんな穏やかな声が聞こえて、僕は弾《はじ》かれたように振り向く。

ゆっくりと歩いてくるのは、湖上《こがみ》教授だった。

建物のガラスが粉砕されているというのに、湖上教授はまったく動じていなかった。海岸沿いを散歩でもしているかのような、優雅な足取りだ。

「久しぶりだね稲葉くん。来ないかと思った」

稲葉。湖上教授は、彼女のことをファーストネームでそう呼んだ。

「早雲《そううん》、久しぶりね。元気だった？」

そして彼女もまた、湖上教授をファーストネームで呼び返す。あの湖上早雲を、だ。

しかし老教授は怒り出すでもなく、はっはっはと愉快そうに笑った。

「挨拶でも年寄りネズミに体調聞いちゃいけないよ。……稲葉くん、君は？　元気なの？」

「……ええ、おかげさまで」

「そうか……うん、それならいいけどね」

少しだけ正体のわからないためらいを滲《にじ》ませながら、湖上教授は頷《うなず》く。

稲葉、と名乗った彼女は、湖上教授と対等に話していた。強がるでもなく、奇をてらうでもなく、ごく自然に、まるで友達のように。そうしろと本人から頼まれたとしたって、僕にはそんな態度で接することはできないだろう。

というより、大学の建物のガラスを丸ごと吹き飛ばしてしまったのに、派手にやったねぇ、で済ませるとはいったいどういうことなんだ。

「しかし、どういう風の吹き回し？　本当に参加するのかい？　ネズミの競争にフクロウが参加するようなものだと思うけど」

「ちょっとやりたいことがあって」

「ふむ……ま、そういうことなら、選抜を通過した君には間違いなく参加の権利があるよ。遅刻した生徒は、他にもいるしね？」

そう言って湖上教授が僕のほうを見る。どうやら遅刻は完全にバレているらしかった。教授というのは、意外に学生のことをよく見ているものなのだな。

「チームは?」

湖上教授がそう尋ねると。

ふわりとした感触を、身体《からだ》に感じる。

ぎょっとして隣を見ると。

水溜稲葉の両手が、僕の肩に乗っていた。

そして覗《のぞ》き込むように寄せられた顔が、すぐ近くにあった。

「もう決まったわ」

遠くでサイレンが鳴りはじめた。けたたましく鳴るそれは、ごちゃごちゃしていて聞き分けることができない。ということはつまり、警察と消防と救急、複数の出動を意味する。それはそうだろう、大学の建物のガラスが全部割れたのだ。一大事だ。

しかし、もっと一大事なのは。

彼女が目の前に存在していることだった。

今でも、思うことがある。

このとき、僕が稲葉を誘っていなかったら。

あんなことにはならなかったのではないかと。

彼女は、確かにテロリストでも宇宙人でもなかったかもしれない。

しかし僕にとっては。
すべてを破壊するテロリストであり、彼方《かなた》からやってきた宇宙人そのものだったのだ。

——第四章—— LAUNCHING

天才高校生・水溜稲葉《みずたまりいなば》、城北大学《じょうほくだいがく》大学院棟の窓ガラスを破壊

XX月XX日夕方ごろ、城北大学の大学院棟で、1階の窓ガラスがすべて破損したとの通報がありました。

警察署および消防署によると、敷地《しきち》内でジェットパックと思われる移動装置が使われ、噴射が当たったことにより窓ガラスが砕けたとみられています。なお、怪我人《けがにん》はいませんでした。ジェットパックを扱っていた水溜稲葉さん（17歳）は、アメリカの大学で飛び級制度を活用、すでにふたつの修士号とロボット工学分野の博士号を取得した天才高校生として知られています。

城北大学の〈次世代高校生プログラム〉に参加するため来日する予定でしたが、航空機の遅れにより初日のオリエンテーションに間に合わず、やむを得ず持参したジェットパックを使用

して大学に移動したとのことでした。

〈次世代高校生プログラム〉の責任者である湖上早雲《こがみそううん》教授は「本件は大学のプログラム内で起きた出来事ですから、言うなれば実験事故です。大学の安全管理の側に責任がありますので、私が責任者として、本人を含めた関係者に安全対策を徹底するよう指導しました。まあ、学生のやることですからね。失敗もあります。ガラスはこういうときのために破片が飛び散らず粉々になる強化ガラスを採用していますし、参加者および保護者にも、安全管理は徹底しているため安心してくださいと説明しました。本人から弁償の申し出もありましたので、その点は相談中です」と語っています。

〈次世代高校生プログラム〉は、官学連携の科学人材育成プロジェクトです。プログラム内の公開コンペティションで1位となった学生には、特別選抜での大学合格と、大学院までの授業料免除の特典が与えられることから、新しい人材発掘として注目されています。

■

「大変な目に遭った……」

「すごい経験でしたね……」

僕とソナタは、リビングのソファに、並んで腰をかけていた。

場所は僕の家である。たまたま大学に近かったし、家には誰もいなかった。大学の研究室にも自由に出入りしていいことにはなっていたが、あんなことがあった後だ、できるだけ人目のない場所で話し合いをしたかった。

僕たちの向かいには、彼女——稲葉が座っていた。

くつろぐでもなく、かといって緊張するでもなく。強いて表現するなら、そこに設置されている、というような佇《たたず》まいで、稲葉はそこにいた。

あれから警察やらなにやらが来て大変だったが、湖上教授が取りなしたのだろう、どうやら事なきを得たようだった。僕たちも細かいことは報道で知ったありさまだったのだが、それは重要ではない。

なぜなら僕たちのコンペティションは、もう、はじまってしまったのだから。

与えられた時間は、決して多くはない。

公開コンペティションの課題は、ロボットを作り、それを発表すること。

シンプルだが、それゆえに難しい。

とにかく、僕たちはチームになった。

お互いのことを知り、最適なコンセプトを立てるところからはじめなくてはならない。

僕はちらりと隣のソナタの表情を窺《うかが》う。彼女の口元は、引きつった笑顔なのか、単に緊張して引き結ばれているのか、判断しがたい形状になっている。おそらくはその両方だろう。彼女のこともまだ理解したとは言い難《がた》いが、ともかくリーダーシップを取るタイプでないことはまず間違いない。

声をかけた責任もある。

僕がまとめていかなければ。

「ええと、水溜さん——」

僕が意を決して切り出すと、稲葉はきょとんとした顔で僕を見つめる。

「あれ、名前、間違ってないよね？」

「いえ……稲葉でいいわ。不要な識別子で情報量を増やす必要はないでしょう」

「口頭での会話にそんな緻密なビット数管理いる⁉」

敬称が不要な識別子だと思ったことはなかったが、まあ本人がそう言うのならこだわるほどではない。

「わかったよ。じゃ、稲葉——」

僕は素直に言われた通りにしたのだが。

「待ってください、初《はじめ》さん」

「ソナタ……なに？」

「わたしは稲葉ちゃんって呼びたいです！　稲葉ちゃん！」

「話聞いてた……？」

まあ、チームとしてはお互い遠慮がないほうがいいだろう。親しみを込めた呼び名は案外重要かもしれない。稲葉も黙っているところを見ると、反対というわけでもなさそうだった。

「それで、稲葉──」

「ちょっと待って」

「なんだよもう！」

今度、僕を遮ったのは、稲葉のほうだった。

「先に目的を明確にして。これはどういうミーティング？」

その声も、目も、表情も、彼女の心情を推し量ることはできない。彼女がなにを考えているのか、察するにはその言葉のほうを見つめるしかなかった。

「え、いや、同じチームになったから」

「から？」

「から……その、キックオフというか」

「認識に食い違いがあるようね」

僕が言い終わるか言い終わらないかのうちに、稲葉は打ち返してくる。

「初、あなたの目的は、このコンペティションで1位になることよね？」

「そう、だけど」

「ならもう解決よ」

稲葉はそう言って、パチンと指を鳴らす。

あのオリエンテーションで見たのと同じようにディスプレイが虚空《こくう》に表示され、そこにネットワーク状のなにかが表示されている。

彼女がジェスチャーでなにかを操作すると、バックパックからあの丸い小さなロボットがわらわらと出てきた。

「きゃっ!」

ソナタが悲鳴をあげて、ソファの背もたれに登ろうとする。ホラーが好きとは言う割に、怖がりなところがあるのかもしれない。

一方、僕は目の前で起きていることに感嘆していた。

稲葉が手を翻《ひるがえ》すと、ロボットたちはふわふわと浮かんでいく。稲葉はさながらオーケストラの指揮者か、あるいは軍隊の指揮官のようだ。彼女の意志を反映して、ロボットたちは僕の家中に散っていく。

自律して、分散していながらも、協調するその姿は。

「生きてるみたいだ……すごいな……」

思わずそんな声が漏れる。

「私は天才なの」

得意げでもなく、自慢げでもなく、机の上に載った鉛筆を鉛筆だと名指すくらいの気軽さで、彼女はそう言う。

僕は気づくと立ち上がっていて、空中に表示された図形を見つめていた。ネットワーク状になったそれは、複雑なパターンを明滅させている。

「これで制御してる……んだよね？」

「ええ、既存の言語はあまりに狭すぎるから。もっとも、カプセル化した概念同士をネットワーク化したものだから、もはや狭義《きょうぎ》の言語ではないかもしれないけれど」

「とんでもないことを言うね⁉」

ロボットは、それを作っただけでは動かない。その動きを制御するよう、プログラミングする必要がある。そのプログラミングはさまざまなプログラミング専用の言語によって行われ、それが最終的には0と1の機械語に翻訳される。英語話者と話すことが英語の習得からはじまるように、ロボットへの指示も、既存の言語を学ぶところからはじまる。学んでいる人が多い言語ほど情報も多く、習得も容易であり、研究も進んでいる。

しかし稲葉はそのどれも使っていない。

それどころか、独自の制御形式を自ら立ち上げているというのだ。

そんなことが果たして可能なのか。それも高校生に。

「わかったでしょう。では本日は解散で。完成したら連絡するわ」

「待ってよ、ちゃんと話し合って――」

「話し合う意味がどこにあるの？　知性にも技術にも差がありすぎる、あなたたちが参加する意味はどこにもないでしょう」

取り付く島どころか、摑《つか》む藁《わら》もなさそうだった。

ソナタはおろおろと、僕と稲葉の顔を見比べている。

僕は腕を組んで唸《うな》った。

冷静に考えてみれば、確かに、それは論理的な解答ではあるのかもしれない。

突如目の前に現れた、規格外の天才。

彼女にすべてを託してしまえば、確かになんでもできてしまいそうだ。

しかし、それが本当に、正しい答えなのか――

「――いや、それじゃダメだ。僕たちも参加する」

「どうして？　私の能力が信じられないの？」

自分の中にある、わずかな違和感。その直感を引きずり出し、形を与えながら、僕は喋《しゃべ》る。

「違う。君は天才すぎるんだよ、稲葉」

わずかに首を傾《かし》げたまま、稲葉はこちらを見つめている。

「僕はずっと、1位を目指してきたんだ。いろいろな分野で、試行錯誤しながら。だからわかる。そのやり方は、リスクが大きい」

「リスク？　そんなものがどこに？　このプログラムに私を超える才能は存在しない。それは明らかでしょう」

「いやそれは認めるけども」

彼女の作ったものを見てしまったのだ。彼女が天才であることは大前提だ。

しかし、だ。

だからといって、ゲ、ー、ム、に、勝、て、る、とは限らない。

「すべての競争にはルールがあって、評価する人がいるんだ。誰かがなんらかの基準で点数をつける。恣意的にね」

「……このプログラムだと、湖上教授が点数をつける、ってことですか？」

うつむいていたソナタが、身を乗り出して口を開いた。

「そうだ。そもそもなんでわざわざチーム戦にしたのかってことを考えないといけない。だってそうだろ、こんな形式にしたら、チーム内で実力差が出るに決まってる。キャリーしてもらおうと思うやつが出てくる、あるいは逆に特定のメンバーを排除するやつが出てくることなんか、湖上教授は想定済のはずだ」

「そっか、チーム戦にしたんだから、チームで採点される……あれ、なんか当たり前のこと言っちゃいました」

ソナタはひとつひとつの情報を吟味しながら、言葉を選んでいく。

「いや、合ってる。発表はデモだけじゃなくて、質疑応答もあるよね。ソナタ、稲葉が作ったものについて聞かれたら答えられる？」

「む、無理です！」

「僕もだ。だからみんなで作る必要があるんだ。チームを作る力、そしてそれを走らせる力が必要だと、湖上教授は言ってた。チーム戦にしたからには、半分はそれが採点基準になるはずだよ。僕たちがいないと成立しないロボットじゃなくちゃいけない。少なくともどう貢献したのかはっきり言えないと。選抜だって内訳と順位が公開されるくらい評価には気を遣っていたんだ、天才がチームにいたので全部やってくれました！　で通るとは、絶対に思えない」

僕は自分が言った内容に、頭を抱えてしまった。

稲葉は間違いなく、とんでもない才能を持っている。彼女と組めば、勝てると思った。誘った時点では僕自身そう考えていたのだ。しかし、今こうして整理してみると、むしろ難しくなったとさえ言える。

そもそも稲葉は、このコンペティションには規格外なのだ。

自動車のレースなのに、ジェットエンジンを積んで出場しなければならないようなものだ。

それでルールを守って勝つというのは、普通に1位を取るより、もしかしたら困難なミッションかもしれない。

「くだらない。優れているものが優れているに決まっているでしょう」

稲葉はなにを愚かなことを、といわんばかりに一蹴した。

その気持ちもわかる。鳥の目線から見れば、ネズミが迷路をうろちょろしている姿はさぞかし愚かだろう。

でも、僕には、目的がある。

「どうしても、1位になりたいんだ」

遥《はる》か高みにいる稲葉の目を、僕は地面からまっすぐ見上げる。

「そのために、最善の方法を取りたい」

稲葉は少し考えてから、目を逸《そ》らして、こう述べた。

「……一定の説得力がないこともないわね」

「その通り、とは言えないものかな……」

僕が苦笑すると、稲葉は3秒ほど考えてから口を開いた。

「初の目的は1位になること。そうよね？」

「そうだよ」

「1位になったら、嬉《うれ》しいわよね？」

「それは……嬉《うれ》しいね」

妙な質問だなと思いながらも、素直に答える。

するとそれを聞いて、稲葉は顔をあげ、僕を指差した。

「ではこうしましょう。初、あなたがリーダー。私は初に従う。言われたものを作る。それが最善ということでいいかしら」

それを聞いて、僕はホッとする。これで少なくとも、稲葉が暴走することはなくなりそうだ。

「わ、わたしもどうやったら貢献できるか考えます！」

ソナタもそう言ってくれる。

リーダーだというのなら、僕が責任を持って、このチームを勝たせなければならない。

「じゃ、まずはブレインストーミングから……」

僕が話を先に進めようとしたときだった。

ピンポン、とチャイムが鳴る。

「ん？」

普段は来客などある家ではない。届く予定の荷物などもないはずだ。僕は首を傾《かし》げる、が。

「私よ」

なぜか玄関に向かったのは、稲葉だった。

「は？」

慌てて玄関まで稲葉を追いかけると。そこに立っていたのは、制服に身を包んだ業者だった。

そのロゴとカラーリングを見れば、なんの業者かはすぐにわかる。

引っ越し業者、だった。

当然のことながら、僕に引っ越しの予定はない。肩越しに見ると、家の前には大きなトラックが停《と》まっていて、引っ越し業者は荷物を下ろす準備をはじめていた。つまり搬出ではなく搬入である。搬入？　いったいなにを？

「荷物に管理番号があるわ。7番から43番まで全部ガレージに入れて。残りは居間に」

「待って待って待って！　どういうこと⁉」

我が物顔で指示をする稲葉を僕は慌てて止める。

「大丈夫、他の荷物はほとんどないから。寝室は2階の奥の部屋をもらうわね」

「どういうことだよ！」

「さっき放ったロボットで家の間取りは把握しているから」

「そうじゃなくてさ」

「決まってるじゃない。ここに住むのよ」

「え、ええ⁉」

なにを言っているのかわからなかった。

ここに、住む？

僕の家に？

言葉にならない疑問が顔から噴出していたのだろう、稲葉はものわかりの悪い子どもに算数を教えるような顔で説明をはじめた。

「私、アメリカから来たばかりで家がないから」

「家がない⁉」

僕は叫んでしまう。そんな無計画なことがあるか？

「ホ、ホテルでもなんでも行けばいいだろう！」

「立地から考えると条件に合致するホテルがないの。それに、私の使用言語は独自のものだと説明したでしょう。製作機械の制御も同じ言語で書いている、いくら大学の設備が使えても不便すぎる。ゆえにガレージを臨時ラボにしてここに住む。これ以上に合理的な解決はないわ」

「解決してるんじゃなくて問題を発生させてるんだよそれは！　というか、いつ手配したんだよ引っ越し業者を！」

アメリカから急遽《きゆうきよ》帰国したんじゃなかったのか？　どう考えても辻褄《つじつま》が合わない。当たり前だが、目的地は引っ越し業者が荷物を運び出した段階で定義されていなくてはならないはずだ。

「え、今の、本当ですか？　稲葉ちゃん、ここに住む？」

そう確認してきたのはソナタだった。

「いや、本当じゃない！　許可してない！」

僕は慌てて否定する。

「あの、なら、わたしもここに住みます！」

「は？」

「だ、だって、チーム、一緒にいたほうがいいですよね？　合理的、ですよね？」

「ソナタまでどうしたんだよ！」

ふたりともなにを言っているのかまったくわからなかった。僕は頭をフル回転させてそれを止めるロジックを考える。しかし、どうせこの家には僕しかいないのだ。生活を共にしながらチームでコンペに取り組むメリットは確かにある。デメリットは——あまりにも非常識的であるということだけだ。

僕の頭脳の回転数は、どうやら十分ではなかったらしい。考えているあいだに、稲葉の小さいロボットが家の中を駆け回り、引っ越し業者から受け取った荷物を運んでいく。その様子は引っ越しというより搬入だった。いや、引っ越しだとしても搬入だとしてもおかしいことに変わりはないのだが。

「わたしも荷物取ってきますね、夜また来ます！」

ソナタも一方的にそう叫ぶと、荷物の合間を縫って走って出ていってしまった。

「まったく、ありえない……」

僕は急に家の中の温度が上がったように感じて、服の首元から空気を入れる。

口ではそう言いながらも、僕の鼓動は速まっていた。

それはこれからはじまるコンペティションへの興奮だということに、今はしておきたい。

■

「さて、ラボも無事にセットアップできたし、これで最低限のことはできるわね」

「天才って、みんな他人の家のガレージを自分のラボと言い張るものなの？」

「わからないわ、私と同等の天才に出会ったことがないから」

「あっそう……」

もはや文句を言う気力も失い、僕は肩を落としてあたりを見回した。

ガレージは、すっかり作り替えられてしまっていた。稲葉に付き従う小ロボットたちが引っ越し業者の持ってきたパーツを組み立て、あっという間に稲葉の研究所ができあがった。ところ狭しとさまざまな工作機械が並び、ちょっとした生産拠点という趣である。

確かにここならなんでも作れそうだ。もともと僕がロボットを作るのに使っていた貧弱な設備――いや、比べてしまうと設備というのもおこがましい。今となっては、あれは単なる作業スペースにすぎなかったのだと再認識させられる。当然、これはフルスペックの拠点ではなく、臨時のものにすぎないのだろう。いったい彼女が本来拠点にしているラボは、どれほどのものになるのだろう。

「じゃ、手始めになにか作りましょうか？」

あまりにも気軽に、稲葉はそう聞いた。

「そんな、料理を作るみたいな言い方……」

「似たようなものよ。まずはもう少し手が必要ね」

稲葉が空中に手をかざすと、プロジェクターが起動して、空中にホログラムが映し出された。稲葉はジェスチャーでそれを操作していく。

すると、稲葉のラボに、火が入った。

機械の液晶パネルの光が、暗いガレージに灯《とも》って、機械はひとりでに動き出していく。

生産は、設備と小ロボットの共同作業で行われていた。稲葉の周りに常に追従している丸みを帯びた小さなロボットたちが、さまざまな設備を駆使しながら、手足のように働いてロボットを生産していく。稲葉は一歩も動くことはなく、ドライバーのひとつも持つことはなかった。

そして作られているのは、小ロボットだった。それは自分自身を複製しているようでもある。より大量になって果たして制御できるのか聞こうかと思ったが、愚問だったのでやめることにした。

そしてそのすべては、信じがたい猛スピードで行われていた。

まるで虚空《こくう》から次々とロボットが生まれてくるかのようだ。

僕は昔見た、ミッキーマウスのアニメを思い出していた。魔法使いが手をかざすと、魔法がかかった箒《ほうき》が動き出して水を汲《く》む。

驚くと同時に、僕は自分の胸が高鳴るのを感じていた。

僕は彼女の横顔を見つめる。うっすらと浮かんだ笑みは、どこか楽しそうにも見えた。つややかな肌は液晶の白い光を鏡のように反射している。湿った唇の薄い皮膚からは、赤い血が透けていた。

これだけのことが、呼吸をするようにできるとしても。

彼女は僕と同じ、高校生なのだ。

誕生から同じ年数を生きてきた。そのはずなのに、こんなに違うのか。

これが才能というやつなのか。

いや、才能、という言葉ですら生ぬるい。

それは、もはや別の生き物だった。

研究をするために生まれてきた存在。

草原を時速100㎞で走るチーターのしなやかさ。

空中で急降下し獲物を捕らえるワシの力強さ。

海を飛ぶように泳ぐペンギンのなめらかさ。

それとまったく同じように。

僕は彼女のことを、美しいと思った。

僕はもっと知りたかった。彼女がいったい、なにを作っているのかを。

「これ、どれくらい大きいものまで作れるの？」

「そうね、結局資材の組み合わせだから、手の数にはよるけれど——この家程度の大きさなら、数時間かしら」

「すごい……これが稲葉の研究か……」

「そんなわけがないでしょう。これはただの道具よ」

稲葉は侮辱されたとでもいわんばかりの表情をした。

「なら、君は……なにを研究してるんだ？」

稲葉は目線を逸《そ》らして一瞬考えると、手をかざして一度生産を止めた。

そして何度か空中で指先をひらめかせると、そこから、別のものを作りはじめる。

小ロボットたちが次々に運んでくる部品によって、なにかが組み上がっていく。

コップに水が満ちるように、それはこの世界に現れる。

やがて作業台の上にできあがったのは。

四角い箱、だった。

「これが私の研究」

稲葉はその箱を指して、そう述べる。

僕はまじまじとそれを見つめた。金属の板で囲まれ、ブラウンの塗装が施された、箱である。

それが筐体《きようたい》──単なるケースなのであろうことは僕にも予想がつく。

「中身はなに？」

〈私よ〉

僕が疑問を呈すと、彼女はそう答えた。

しかしその答えに、違和感を覚える。

稲葉の口は動いていない。

聞こえてくる方向もおかしい。いや、声の様子も、奇妙に歪《ゆが》んでいる。

僕は、はっとして、その四角い箱を見る。

〈私は一種の人工知脳。人間に相当する知的活動が可能なロボットを作ることが、私の研究というわけ〉

「しゃ、喋《しゃべ》ってる……」

喋《しゃべ》っているのは、その箱だった。

よく見ると、小さなＬＥＤのインジケータが縦にふたつ並んでおり、話すたびにそれが光っている。

「会話を生成する人工知能か……なんて自然なんだ……」

今、この箱は、僕の質問に答えた。事前に設定されている内容を話したのではなく、今この瞬間に思考し、このなめらかさで会話を生成しているのだ。

僕が稲葉のほうを見ると、彼女は黙って頷《うなず》いた。

はやる好奇心を抑えながら、僕は質問を続ける。

「ええと、君は稲葉なの？」

〈定義の問題ね。そうとも言えるし、そうでないとも言えるわ。私は水溜稲葉のライフログを基にした人工知能だから、既存の概念でもっとも近いのは稲葉ということになるでしょうね。けれど生身の水溜稲葉そのものとは言えない。論理的にも、哲学的にもね〉

ライフログ、という言葉は、稲葉が常に自分自身の生活の記録を取っていることを意味していた。自分に関連するあらゆるデータを大量に学ばせ、それをトレースさせているのだろう。

しかしそれでいて、自分自身と稲葉の差を弁別できている。

「君も天才──いや、稲葉と同じ程度の知性を持っているのかな」

途中で定義を明確にし直して、質問する。

「いいえ、現状は単に受け答えをするだけにすぎない。私の言語活動を部分的に切り出した会話装置よ」

代わりに答えたのは、生身のほうの稲葉だった。僕は不思議な気分になりながら、今度はそちらに向き直る。

「ひょっとして、稲葉の知性全体を再現することもできる？」

稲葉は僕に答える代わりに、ごほん、と咳払《せきばら》いをして、目の前に投影されたコンソールの前で手をひらめかせた。

すると新たなソフトウェアがインストールされたのだろう、箱が反応を見せた。

「君は、誰？」

僕は改めて、更新されたロボットに聞いた。

しかし、返事はなかった。

代わりにその箱は、奇妙な音を立てながらガタガタと揺れはじめた。

それは、まるで。

苦しんでいるようにしか、見えなかった。

「だ、大丈夫⁉」

僕は思わず手を伸ばす。しかしそれが届く前に、箱から煙があがり、そして、嫌な音が何度かしたかと思うと、機能を停止した。

「これ、どういうこと……？」

「……私の研究は、まだ完成していないの」

稲葉は壊れた箱を持ち上げ、胸に抱えた。

「私の知的活動全体を再現しようとすると、自壊してしまう。それがなぜなのかは、まだ完全には特定できていない。ただ……」

「ただ？」

「おそらくこれは、自殺なのだという仮説を持っているわ」

「自殺……箱が？」

「ええ。現状、ハードウェア的な制約から、私の知的活動全体は再現できない。ゆえに目的に対する達成度の評価が負のフィードバックで無限ループして──」

「待って、理解が追いついてない」

ごほん、と稲葉は咳払《せきばら》いをした。

「あなたにもわかるように、比喩表現を使いましょう。私の知性という水は、このロボットという器には収まらないの。だから注ぐと溢《あふ》れてしまう。ここまではいい？」

「多分」

「けれど目的は私そのものを再現することで、そのために駆動している。だから溢《あふ》れている時点で落第なのよ。だからこのロボットは私を再現しようとし続け、こぼれた水を自分という器に戻そうとする。けれどそれは不可能だから、負のスコアを自らに与え続ける。その結果として──」

「──存在意義を見失って崩壊する？」

「おおむねそういうことになるわ」

「なんだか親近感が湧く話になってきたな」

まるで1位を目指し続ける僕のようだ。僕も自己崩壊したいと思ったことは何度もある。ロボットに感情もなにもないだろうが、気持ちはわかる気がした。

「解決の目処《めど》は立ってる？」

「条件付きイエスよ」

「それってノーじゃないの……？」

「将来的にはなんらかの方法で私が解決する。構想もある。ただ部品が少し足りていないだけ。条件付きイエスよ」

意外にも前向きである。楽天的と言ってもいい。彼女くらいの天才になれば、それは単なる楽観ではなく、根拠のある自信なのだろう。

しかし、話を聞いているうちに疑問に思ったことがあった。

「稲葉はさ。なんでロボットを研究してるの？」

「人類史を前進させるのが天才の責務でしょう」

「それはわからないでもないけど……なんでロボットなのかな、って」

それを聞いた稲葉は、長い長いため息をついた。もう二度と息を吸わないのではないかと思うくらいの時間のあと、心底憎々しげに言う。

「人間は脆弱《ぜいじゃく》だから」

「脆弱《ぜいじゃく》？」

「人間の身体《からだ》は制約が多すぎると思わない？　たとえば私の手は2本しかないし、一定時間を睡眠に費やさないと脳の性能は低下する。私の知性に対して、人間という枠はあまりに狭すぎるのよ」

「それは……どうかな。確かに道具は便利だけど、バイクを陸上競技に持ち込んで1位になっても、僕は嬉《うれ》しくないけどな」

思わずそう反論する。そんな意図が稲葉にないとわかってはいるけれど、自分の力で1位になろうとしてきた自分の努力と、彼女の考え方は両立しない気がしたのだ。

機嫌を損ねるでもなく、稲葉は僕の名前を呼ぶ。

「初らしいわね」

それがどういう意味なのかはよくわからなかったけれど、突っ込むとなんだか自分に対するネガティブな評価が出てきそうで、僕はとっさに話を逸《そ》らしてしまう。

「いや、でも、とにかく稲葉はすごいよ。間近で見てよくわかった。まるで魔法みたいだ」

わかった部分を繋《つな》ぎ合《あ》わせて考えれば、稲葉が取り組んでいるのは、稲葉と同程度の知性を持った新たなロボットを生み出す、ということだろう。それは生命の創造に限りなく近い。一般に、それはほとんど魔法の領域だ。

「……古いSFね。私に言わせれば、それは逆よ」

曇ったままの顔で、稲葉は反論する。

「逆？」

「十分に発達した科学は、魔法と見分けがつかない、というやつでしょう？　でもそれは定義の問題よ。このフレーズにおける科学はどう定義される？」

「教授みたいな質問するね」

「私はまだ教授ではないわ」

「まだ、ね……」

確信を持ってそう言う稲葉に、僕は苦笑する。

「ええと、魔法との対比で言うと、理解できて再現できるもの……ってことかな」

未来の教授に、一応はちゃんと考えて返事をする。

稲葉が頷《うなず》いたのを見て、僕はマルをもらった学生の気分で続きを聞いた。

「つまり、科学が魔法と見分けがつかないのではなく、単に人間は自らの想像を超えた現象を魔法と認識する。だから大半の専門技術は素人《しろうと》にとっては魔法よね。そしてもしこの世界に本当に魔法があるとするなら、それは魔法を生み出す側にとっては特定の知識と手順によって再現される科学に他ならない――」

迂遠《うえん》な言い方ではあったが、言おうとしていることは、なんとなくわかる気がした。

「……要するに、手の届かないものと思ってるようじゃダメってことか」

「意外に理解に時間がかかったわね？」

「予想より婉曲《えんきょく》な言い方だったからね」

僕は少し愉快な気持ちになって、そう茶化した。

なにせ飛行機が遅れたからジェットパックで駆けつけ、自分ひとりでやるのが最適解だからチームメンバーはなにもするなと言ってのけるのだ。直截《ちょくせつ》な物言いしかしないのかと思っていた。

「魔法とか言ってる時点で救いようがないほど愚か、くらい言われるかと思った」

「そうは……思ってないわ」

「いや思ってるよね！　その間はなんだよ！」

稲葉は目を逸《そ》らしてあらぬほうを見つめている。割と嘘《うそ》が下手なのかもしれない。

僕はふう、と息を吐いた。

「別に、言ってくれていいよ。僕にとっては、1位を取ることが大事なんだ……今度こそ。だから、成長の機会は逃したくない。少しでも君に近づきたいんだ。君の目から見て、僕に足りないことがあったら、知りたいと思う」

稲葉は黙り込んだ。なんでもすぐに返答してきた彼女らしくない振る舞いで、僕は少し面食《めんく》らう。

「……嫌いにならない？」

僕は思わず聞き返しそうになった。

そんなことを気にしそうにはとても見えなかったからだ。

しかし稲葉は目を逸《そ》らして、口を尖《とが》らせている。冗談を言うタイプでないことはわかっているし、ふざけている表情にも見えない。

さまざまな機械、そのディスプレイが発する青白い光が、彼女の横顔を照らしていた。頬が赤く見えるのは、入射光が青みを帯びているための錯覚だろうか。

常識外れの天才が急に見せた人間らしい表情に、僕は戸惑う。

「嫌ったりしないよ」

動揺を悟られないよう、意図してはっきりとした響きを出して、僕はそう述べる。

「そう……人間がどういうときに傷ついて、なにが嬉《うれ》しいのか、よくわからないものだから」

まるで自分が人間ではないような口ぶりで、彼女は首を傾《かし》げる。その表情は、僕にはどこかさみしそうに見えた。

万能に見える天才にも、もしかしたら、天才なりの悩みがあるのかもしれない。

僕にコンプレックスがあるのと、同じように。

「僕はずっと2位だった。選考でも、1位だったのは君だ。僕は1位になりたい。だから……君に学びたいんだ、稲葉」

それは僕の本心だった。

もし、魔法を使えるようになりたいのなら。

きっと、魔法使いに学ばなくてはならないだろう。

「初。それがあなたの、望みなのね？」

「望み、というと大げさだけど。まあ、そうかな」

稲葉は腕を組んで、何度か頷《うなず》いた。

「私に教えられることはないし、それで私が再現できるようになるとは、思わないけれど」

それもそうだろうと納得はいく。

月だって、亀にどうしたら夜空に浮けるか聞かれても答えられないだろう。

「僕もそう思うけど。少しでも近づいて、それを繰り返していくしかないだろ」

「なにかを手に入れるには、あまりに非効率的じゃないかしら」

「稲葉にとってはそうでも、そうやって進むしかないんだ、僕は」

「私はそうしない。そういう迂遠《うえん》な選択肢は取らない。でも――」

絵本のキリンを全身真っ青に塗った子どもを見るような顔で、稲葉は僕を見る。

それからふっと表情を緩めると、ぐっと顔を近づけた。

「――私は、あなたの役に立ちたいわ」

耳元で、そう、囁《ささや》く。

彼女の吐息は、負荷がかかったCPUみたいに熱くて。

僕の胸は、使い古したリチウムイオンバッテリーみたいに膨らんでしまう。

しかしそんな感情を、稲葉は知る由《よし》もなく。

近づいたときと同じくらい急に身体《からだ》を離して、僕に背を向けた。

「さてと、お風呂《ふろ》に入るわね」

「ああ、うん……え、風呂《ふろ》？　いや、え？」

「わかるわ、人間の身体《からだ》はメンテナンスコストが高すぎるわよね」

「いや風呂《ふろ》という習慣そのものに疑問を呈しているわけじゃないよ！」

そう反論してはみたものの。

稲葉も人間である。

人間であるからには、風呂《ふろ》にも入る。

そこに問題はない。

問題があるとしたら、どちらかというと、僕の側だ。そこまで考えが及んでいなかった。

お前はいつもそうだな、と自分に悪態をつきながら、稲葉を追いかけて家の中に戻る。

わかっていたことだが、改めて家の中の景色に、僕は面食《めんく》らう。

日中、引っ越し業者が稲葉の荷物を搬入した結果、家の中は段ボール箱だらけになっていた。

先ほど確認したように、ロボット関連設備はガレージに搬入しセットアップ済であるから、すなわちこの荷物は、全部それ以外のものということになる。

「日用品は少し、とか言ってなかったか……？」

僕は段ボールでいっぱいになったリビングを少しでもなんとかするべく横によけていく。

そうしていると、急に身体《からだ》に衝撃を感じた。

「な、なんだ……?」

それは衝撃ではなく、音だった。暴力的な振動。それが浴室から聞こえてきていると理解するのに時間はかからなかった。なんの音かはわからない。とにかくジェットエンジンのような轟音《ごうおん》だ。

間違いなく稲葉の仕業である。

僕は一瞬躊躇《ちゆうちよ》するが、あの割れたガラスが脳裏をよぎる。

浴室まで破壊されたらたまらない。

「稲葉!」

ドアを開けると、僕の視界は急に遮られる。

目隠しをされたのではない。

水が噴射されたのである。

「うわっ!」

水を吸った服が身体《からだ》に張り付く感触。身体《からだ》が2割増しで重くなったように感じる。

顔を拭って目を開ける。

そこには稲葉が立っていた。

当然といえば当然であるが、裸である。

一瞬、まじまじと見てしまった。

彼女が作り出すロボットたちとは対照的な、なめらかな曲線。

そういえば、稲葉も人間なのだった。

それだけでなく。

僕と同じ年齢の、女の子なのだ。

「ごめん！」

僕はようやく我に返ると、バタンとドアを閉める。

しかしそのドアを開けて、稲葉が顔を出した。

「なにかしら？」

僕は目を逸《そ》らしながら答える。

「い、いや、すごい音がしたから！」

「ポンプは音がするものでしょう？」

心の底から不思議そうな口調で稲葉は首を傾《かし》げている。

「なんで風呂《ふろ》に入るのにポンプが必要なんだよ！」

「圧力が高いほうが洗浄効果が高いに決まっているわ、高圧洗浄機の原理を知らないわけはないと思うけど……」

「高圧洗浄機は人体に使ったら危険なんだぞ！　見に来て正解だったよ！」

「見に来て正解……？　なるほど、私を見ているって、そういう……」

「違う、断じてそういう意味ではない！」

「異性の裸を見ると嬉《うれ》しいという話は聞いたことがあるわ。それならそうと言ってくればいいのに」

「なぜ無視するんだ僕の言っていることを！」

「なんにせよ、濡《ぬ》れてしまったし、初もついでに洗浄しましょう」

こぼした水を拭くのに使ったタオルを洗濯機に入れるくらいの気軽さで、稲葉は言う。彼女が指を鳴らすと、どこからともなく例の小さなロボットたちが集まってきて、僕に群がる。その目的は明確だった。僕の服を脱がせて浴室に引きずり込むことである。

「や、やめろぉ！」

ロボットたちをちぎっては投げるが、もともと浮いているものだ、ほとんど意味はなかった。群がってくる速度のほうが速い。どこからともなく音もなく、駆けつけてきては僕の動きを阻害し、服を引っ張る。多くないか、と疑問を抱いてから思い至る。そうだ、さっき増やしたのだった。それがこんなかたちで牙を剝《む》くとは。

「お待たせしました！　すみません、鍵が開いてたので――ぎゃっ！」

そしてそんな実りのない格闘は、巨大なスーツケースを持って戻ってきたソナタに、目撃されるのだった。まあ、荷物を取りに行って戻ってきたら家主が急にロボットに襲われているのだから、それは悲鳴もあげるだろう。

「て、展開が早すぎません⁉　ゾンビ映画でももうちょっとゆっくりゾンビ出てきますよ⁉」

「ゾンビのほうがまだマシだったよ」

僕はがっくりとうなだれるが、稲葉は自分が正しいことを信じて疑わない様子だ。

「あなたも試したいのかしら？」

「試します！　なにかはわからないですけど！」

「洗浄よ。参加するなら服を全部脱いで」

「え、は、はい！」

「はいじゃない！　ここで脱ぐな！」

結局、紆余曲折《うよきょくせつ》の末、僕はなんとか逃げ出すことに成功し、しかし代償として、稲葉とソナタが風呂《ふろ》を済ませるまで濡《ぬ》れた状態でいることになったのだった。

浴室からは稲葉のくぐもった話し声に続いて、巨大なポンプの音、それからその音を上回る音量のソナタの悲鳴が聞こえてきた。いったい何MPaなのかは知らないが、やはり高圧洗浄は人体に使う手法ではないのではないだろうか。しかしまあ、人体の脆弱《ぜいじゃく》さに自覚的なら死にはしない程度にはしておいてくれるだろう。そう願いたい。

ベランダから外に出ると夜風が涼しく感じて、僕は気化熱という熱化学現象を実感する。この世界のすべての変化は、エネルギーによって起こる。水分子を引き合わせ液体にしているフアンデルワールス力は微弱で、僕の体温程度の熱を与えれば気体になってしまう。そう、きっかけさえあれば、人と人が疎遠になるように。

庄一《しょういち》は今頃、どうしているのだろう、と思いを馳《は》せる。

少なくとも、勝手にチームメンバーが家に引っ越してきたりはしていないだろうな。

……いや、と思い直す。

庄一は、最初から家にふたり人間がいる状態で生活していたのだ。これまでずっと。

そのことを、僕は果たしてどれほど理解していただろうか。

ふと稲葉の裸を思い出してしまい、僕はそのイメージを振り払う。これは脳内のストレージに残しておいてはいけないデータだ。

しかし、ひとつだけ、気になる点もあった。彼女の脇、肋骨《ろっこつ》のあたり。そこに、小さな傷跡が3つ、並んでいた気がしたのだ。

一瞬のことだったから、見間違いかもしれないが——稲葉の言葉が、連鎖して記憶に蘇《よみがえ》る。

人間は脆弱《ぜいじゃく》だから。

まさか、本当は機械を埋め込んだサイボーグだったりするのだろうか。テロリストで宇宙人でサイボーグだったら、きっともうこの世界には怖いものはないだろう。

そんなくだらない思考を、僕は徐々に夜風に溶かしていく。

風呂《ふろ》から聞こえてくるソナタの悲鳴を聞きながら、僕は来たるべき新たな化学反応の式を、星座のように思い描いた。

第五章　SERVING

翌朝から、僕たちのチームとしての生活はスタートした。

しかし、それは想像したほどめちゃくちゃなものではなかった。

最大の理由は、稲葉《いなば》が基本的に家にいないことである。

僕たちは、湖上《こがみ》教授が自ら教える授業に通うことになっていた。講義や実習を取り混ぜた授業はどれも役に立つ実践的なものばかりで、かといって理論や原理もおろそかにしていない。誰もが目を輝かせて話を聞いていたし、ロボットを作るという観点において、これほど充実した手ほどきを受けたことはなかった。

もちろん僕もソナタも、その例外ではない。僕たちは共に学び、そして学んだことを持ち帰ってては気づいたことを共有した。その意味で、生活を共にしているというのは確かに都合がよかった。異性が家にいるというのはもっと気をつかうかと思ったけれど、案外すぐに気にならなくなった。ソナタは部屋着でソファに横たわって居眠りをしたり、リビングで大音量でホラー映画を見たり、コーラを冷蔵庫にストックしたり、ポップコーンを食べ散らかしたり、そこかしこに例のモンスターのぬいぐるみを置いたり、なかなか自由に過ごすようになったからだ。なんとなく、もし妹がいればこんな感じなのかなと、密《ひそ》かに思っていた。

当然、授業では庄一《しょういち》の姿も見かけることがあった。しかし、見かける、という以上の状態には、なかなかならなかった。もしかしたら、話しかけたらあっさりと、また前のように話せるのかもしれない。でもそれが、僕の希望的観測にすぎないとは言い切れない。実際、僕がいくら庄一を見つめても、目が合うことはなかった。庄一は、いつも自分のチームメンバーのほうを見ていた。派手な感じの女子と、眼鏡をかけた男子。他の人たちも、みんな3人1組で行動していることを考えれば、それはある種当然のことであったろう。それでも、僕は庄一とのあいだに、まだピリピリしたものを感じていた。それはそれでいい。きっとそのわだかまりに決着をつけるのは、最後の日を待たなくてはならないのだ。そして、その日は存外すぐにやってくることを、僕は知っている。

そしてなにより、稲葉だ。

稲葉は一切の講義や実習に出席していなかった。まあ、天才の彼女にとっては知っていることしか学べないのだろう。ほとんど僕の家のガレージのラボにこもりきりだったし、家のほうに来るのは風呂《ふろ》に入るときと寝るときくらいだった。僕は稲葉の姿から、その生活からも多くを学ぼうと思っていたので、少し拍子抜けしてしまったのも事実である。今のところわかったことは、天才というものは極めてハードワークである、ということだけだった。

もっとも不思議だったのは、ときどき稲葉がどこにもいなくなることだった。当然その動向すべてを把握しているわけでもないし、どこに行くなどいちいち連絡するわけもないから、それは家の中で猫を捜す作業に似ていた。どこかに紛れ込んでいないことを確認して、ようやく外に出ていったのだとわかる。常に家のそこかしこで稼働《かどう》している小ロボットだけが、稲葉の存在を主張していた。どこでなにをしているのか、気にならないといえば嘘《うそ》になる——どころか正直に言ってたいへん気になるが、まあ、稲葉にもプライベートはあるだろう。

意外と同じような天才がいて、そういう人と付き合っていたりするのかもしれない。

その人に会うために日本に来たんだったりして。

そんな非合理的でどうでもいい想像をして。

なぜか少し傷ついている自分を、僕は見て見ぬふりをした。

……そういうわけで、僕たちは順調に生活していたのだが。

肝心のコンペの準備については、順調とは言えなかった。

それどころか、壊滅的であったといってよい。

まず作りはじめる前の段階で、僕たちはつまずいていた。

「も、もうなにも思いつかない……」

僕はリビングのテーブルにつっぷしていた。あたりにはいろいろなアイディアを書き殴ったA4のコピー用紙と、色とりどりの付箋が散乱している。

　ソナタはソファに横たわっていて、額には冷却ジェルシートが載っていた。あまりに知恵を絞りすぎて熱があるらしい。

「あ、あれはどうですか、映画館で落としたポップコーンを拾って集めて汚れを落として食べられるようにしてくれるロボット……」

「それは4時間前に出た」

「おうちのお掃除してくれるロボットってなんでダメだったんでしたっけ？」

「既に100万回商品化されてるからだよ」

「もういっそエイリアン作りません、すっごいリアルなやつ！」

「好みに走ったな。いや映画産業用アニマトロニクスはアイディアとしてはなくもないけど、既存技術との差別化がデザインセンスだけになるのは避けたい」

「なら困ったときにアイディアをいっぱい出してくれるロボットぉ……」

「それは今の人工知能でもうできる、というか、それを使った結果、採用できるアイディアが出てこなかったから今こうなってるわけで……」

「こんなんじゃ、1位取れませんよねぇ……はぁ……」

　ぐったりとした僕たちのあいだに、絶望的な停滞の空気が漂う。

　僕たちはコンセプトを決めようと、毎日アイディア出しを続けていた。

　講義や実習はせいぜい1日に数時間である。僕たちは残りの時間を、すべてブレインストーミング——アイディアを広げることに注《つ》ぎ込んでいた。まずはなにを作るかを決めなくては、一歩も前に進むことができない。それを決めるのは僕の仕事であると、稲葉には見得を切ってしまった後だ。

だが。

どれだけ案を出しても、どこにも辿《たど》り着《つ》かなかったのである。

「そういえば、稲葉は？」

「なにを作るか決まったら教えて、って言って、また出かけちゃいました……こっちの様子はモニターしてるそうです」

小ロボットが、返事をするように目を光らせる。

稲葉に助けを求めたいのは山々だったが、それでは解決しないからこそ、僕たちはこんなに苦しんでいるのだ。

「稲葉ならなんでも作れちゃうだろうけど、だからこそね……」

そう。これを作りたい、と言えば、稲葉はひとりで実装してしまうだろう。それも、おそらくは完璧なものを。

それでは意味がないのだ。僕たちは発注者ではなく、チームメンバーでなくてはならない。

稲葉に丸投げしたプロジェクトをプレゼンテーションで発表して、湖上教授の口頭試問を生き延びられるわけがない。

庄一とロボットコンテストに挑んだときは、解決すべき課題が明確だったし、自分たちが持っている技術も非常に限られていた。だから迷うなどという贅沢《ぜいたく》はそもそも発生せず、できることをやるだけで精一杯だった。

しかし今回、選択肢は無限にある。稲葉がいれば、なんでもできてしまう。だからこそ、どの選択が正しいのか、一向に定まる気配がない。

そのときだった。

ぐう、とソナタのお腹《なか》が鳴った。

「あ、あはは……」

彼女は笑ってごまかそうとするが、それは意味のない行いだった。

「はあ……晩ごはんにするか……」

時計に目線を移すと、もうそれなりの時刻だった。外も暗くなりはじめている。テーブルに手をついて立ち上がろうとして、身体《からだ》がずいぶん重いことに気づく。頭脳労働でも身体《からだ》は重くなるのだと、新鮮な驚きがあった。

「冷蔵庫、なにがあります？　わたし、作りますよ」

ソナタがそう言いながら立ち上がるが、僕はその申し出を辞退する。

「いや、無理しなくていいよ。僕が作る」

「いいえ！　ここまで甘えてしまいましたが、わたし、お料理の腕はちょっとしたものでして！　おうちに住まわせてもらってるのに、なにもしないわけにも！」

「前も言っただろ、どっちみち自分で作ってたんだから」

ソナタがそう声をかけてくれるが、実のところ、ここまで食事はすべて僕が作ってきた。ひとりぶん作るのもふたりぶん作るのも手間はほぼ同じだからだ。もともと父さんも母さんもいない家にひとりで暮らしていたのだから、そのルーティーンをそのまま守ればいいだけの話だ。

それに、なにより。

料理をして、それを一緒に食べる人がいてくれるということに。

僕はどこかで、安らぎを感じているのだった。

しかし、ソナタの家は大丈夫なのだろうか、とも思う。

一緒に暮らしていると、ソナタの身なりの良さや立ち振舞いの上品さは否応《いやおう》なく伝わってくる。そういうことを自然に身に付けているような女の子が、まあ〈次世代高校生プログラム〉に参加するのに便利だからというエクスキューズがあるにせよ、こんなところで居候《いそうろう》生活をしていていいのだろうか？

気にならないわけではないが、それがいいかどうかは、僕が決めることではない。

あまり自分からプライベートは詮索しないようにしよう、と改めて思う。

僕たちはチームであって、ファミリーではないのだから。

「初《はじめ》さん？」

「ごめん、ちょっと考え事してた」

「疲れてますね？」

「お互いね」

僕は立ち上がって肩をすくめる。庄一みたいなしぐさだなと思った。

「あっ……」

しかし、立ち上がったところで視界が揺れた。

立《た》ち眩《くら》みだと判断して、その場にしゃがみ込む。

「だ、大丈夫ですか！」

「大丈夫、たいしたことない」

「やっぱりわたし、ごはん作りますから！」

「いいって」

「こういうときは素直に休むのも、リーダーの仕事なんじゃないですか？」

しゃがみこんだ僕の背中に手を当てながら、ソナタは言う。

望《のぞ》むと望《のぞ》まざるとにかかわらず、その手の温かさは、僕の中で固まったなにかをすっかり溶かしてしまうのだった。

「じゃ、悪いけどお願いしようかな……なんでもいいからね……」

「はい！」

いそいそと嬉《うれ》しそうにキッチンに向かうソナタに、僕は素直に甘えることにする。代わりにリビング中に散乱した紙を片付けることにした。このままでは食事をする場所もない。

「もう、初さんは横になっていてください！」

「でも……」

「大丈夫ですよ、ほら！」

キッチンのソナタが、手のひらを上に向けて、僕の足元を指す。

僕の意図を察したのか、稲葉の小ロボットが幾つか集まってきて、紙束をまとめてくれていた。それを見て、僕は素直に横になることにする。

「これ自律してるんだよな。本当に頭がいい……」

ソファに横たわると、少し脳に血液が行く感じがした。日頃僕の心臓は、完全に重力に逆らって血液を送り出しているのだなと実感する。直立二足歩行というのは実に欠陥の多いシステムだ。人間は脆弱《ぜいじゃく》だ、という稲葉の主張も、あながち間違ってはいないのかもしれない。

猛スピードで紙を片付けていくロボットたちを見ながら、僕は考える。

水溜《みずたまり》稲葉。万能の天才。

僕たちが作るロボットに対して、僕たちは役割を持たなくてはならない。

彼女にできないことなんて、果たしてあるのだろうか。

稲葉にできないこと——。

僕はキッチンに立つソナタを、ぼうっと見つめた。

食材を切るたび、包丁の金属と、まな板の樹脂がぶつかる軽快な音がする。なにを切っているのかは、ここからは見えない。しかしそのリズムから察するに、一定の硬さのものをみじん切りにしていることがわかる。

その音を聞きながら、僕は母さんが料理を作ってくれたことを思い出していた。そのときもこうして、その両手が作り出す音楽にも似たリズムに、耳をそばだてていたのだった。

僕はスマートフォンをポケットから取り出すと、音を消したまま、ひとつの動画を再生する。

そこには、母さんが料理をする姿が映っていた。

父さんはなにごとも記録を撮りたがるタイプだった。写真魔、とでもいうのだろうか。写真だけでなく動画を撮るのも好きで、常に僕と母さんにカメラを向けているような人だった。あまりにもずっと撮っているものだから、うんざりすることもないではなかったけれど、今となっては感謝している。

液晶のＲＧＢが映し出す母さんの笑顔を見ながら、僕は考える。

僕は僕のことが嫌いだ。

僕の期待に、いつも僕は応えてくれない。

完璧でありたいと願うのに、いつもどこかでミスをしている。判断を誤っている。

何度挑戦しても、それを繰り返す。永久に負け続ける。

それが許せなかった。

期待に応えてくれない結果に、僕は魂を砕かれ続けた。

お前には自分が思うほどの価値はないのだと、そう突きつけられ続ける気がして。

だから母さんが作った料理を食べるたび、生きていていいのだと感じることができた。

人間は食事をしないと死ぬという、厳然たる科学的事実。ゆえに、少なくとも僕の空腹を由々しきことだと考えて、それを埋め合わせるために手間をかけてくれる人が、この世界にいる。僕はそのことを、料理を通じて五感のすべてで感じることができた。

でも、そのすべてが、今はもうない。

1位になれたよと、そう報告できるようになったら。

母さんは、帰ってきてくれるだろうか。

この家は、僕ひとりには広すぎる。

僕はスマートフォンの画面を下にして、腹の上に置く。

子どものころの自分に毛布をかけるような気持ちで、僕は瞼《まぶた》を眼球に降ろした。

■

「初さん」

「ん……」

「初さん！」

「え、あ！」

目を開けると、僕のエプロンを身につけたソナタが、すぐ近くにいた。

「ごめん、完全に寝てた」

「むしろ合ってます、そのためにわたしが作ったのに、初さんが休めていなかったら非合理的ですよ」

「稲葉みたいな言い方するね」

「へへ、うつったかもですね」

そう柔らかく笑うソナタに促され、僕はソファに身体《からだ》を起こす。

同時に、食欲をそそる匂いが鼻腔《びこう》をくすぐる。焼いた肉——メイラード反応と空気中で霧状になった油の匂いだ。

「はい、どうぞ」

そして目の前に出てきた料理に、自分の目が見開かれるのがわかる。

「ハンバーグだ……」

「ハンバーグです！」

得意げにそう言って、ソナタは皿をテーブルの上に置いた。

家のキッチンはカウンター式になっていて、その横に4人掛けのダイニングテーブルが設置されている。皿がそちらではなくリビングに置かれたことに首を傾《かし》げるが、その理由はすぐに明らかになった。

「せっかくだから映画見ながら食べましょう！　『エイリアン2』と『エイリアン4』どっちにしますか？」

リモコンを手にしたソナタは、テレビのスイッチを入れながら、ウキウキと僕の隣に腰を下ろす。

「待って待って待って」

「それとも映画見ながら食べるのはお行儀悪いですかね……？」

「いやそれは別にいいんだけど、その選択肢はどうにかならない？」

「あ、すみません！　1作目から見るのもいいんですけど、個人的には2と4がオススメなので、まずそこから見てほしくて！　ちょっと古い映画ではありますけど、過去作見たほうが最新作も楽しめますし！」

「いやエイリアンってタイトルで言っちゃってるよね!?　大丈夫？　人間が食べられたりするシーンとかない？」

「あー……」

「あるんだ、その反応はあるんだね？　ハンバーグと両立しないよねそれ」

「むしろエイリアンを見ようと思ってハンバーグにしたんですけど」

「そこは相性がいいって認識なんだ……」

「やっぱりこう、臨場感があるじゃないですか」

「……食べようか、冷める前に」

僕は目の前の料理を万全の状態で食べることのほうを重く評価し、他のすべてをあきらめることにした。

「電気消してきますね！」

「そこまでするのか……」

その徹底ぶりには少々驚かないでもなかったが、まあ作ってくれた人が望む食べ方をするのも、ひとつの礼儀というものだろう。

ともかく、僕たちはふたりでソファに並び、映画の再生ボタンを押して、20世紀フォックス、というロゴを確認すると。

「いただきます」

「いただきます」

声を合わせてそう言って、ハンバーグを食べはじめた。

ナイフによる切断。フォークによる輸送。口内の閉鎖。咀嚼《そしゃく》。やがて破断されたハンバーグの肉汁とソースが口の中で混ざりあって、僕の味蕾《みらい》を刺激し――

「おいしい」

そんな感想を、放たせる。

「ふふ、よかったです」

正直に言って、僕は驚いていた。店で食べるようなものよりも、ずっとおいしく感じられる。余計な味がひとつもせず、必要な味だけがする。ひとつひとつの食材が柔らかく、ふんわりとしている。

そしてその味覚情報は。

不釣り合いな視覚情報によって、徐々に混乱させられていくのだった。

『エイリアン2』の人体損壊は覚悟していたよりは控えめで、カット割をうまく使って直接的な描写を避けてはいたものの、ハンバーグでないものを食べている気分になるのには十分すぎた。隣のソナタが嬉々《きき》としてハンバーグを頬張っているのを見て、これはこれで一種の才能なのではないか、とすら思う。

しかし、それを大幅に、地の底まで差し引いてなお、ありあまる満足感が、そのハンバーグにはあったと言わなければなるまい。

それに。

料理の味と、映画の趣味。

そのどちらもが、ソナタらしさなのだろう。

自分にとって都合のよいほうだけを受け入れて、それ以外を否定するのは、ちょっと違う気がする。チームとして？　いや、多分、人として。

「本当においしかった、ありがとう」

僕はまだ続く映画に遠慮して、小声でそうソナタに報告する。

「元気出ましたか？」

「うん、食事は大事だな……」

「そうですよ！　大事です！」

食事は映画の前半そうそうに食べ終えてしまい、後半、僕たちは暗くなった部屋でひたすら続きを見ることになった。

映画がおもしろくなかった、というわけではない。しかしアイディア出しで疲弊し、お腹《なか》がいっぱいになって血糖値が上がった僕は、いささか集中力を欠いていることも事実だった。

「初さん、今の！」

「え、なに？」

「今のやつ、中身ロボットですよ！　アニマトロニクスというやつです」

「なるほど……精巧だね、生きているようにしか見えない」

「そうですよね！　カメラワークとか演出の工夫もありますけど、やっぱり動きそのものの完成度が高いと思うんです！」

集中力を欠いていたのは僕だけではなかったようで、ソナタもそうして実況しながら見はじめた。一応、映画をつけたソナタを尊重して静かに真面目に見ていたのだが、彼女が率先して話しはじめてしまったので、僕たちは会話を交わしながら見進めることになった。まあ、彼女は何度も見ている映画なのだろうし、僕は彼女ほど異星の完全生物が人類を食い荒らす描写に熱意を持っているわけでもなかった。

僕はその体験を、新鮮に感じていた。

家族とも、こんなふうに過ごしたことはなかった。暗闇、映画のシーンに応じて切り替わる部屋の色、わずかに残った料理の匂い、そして隣に座る人の温《ぬく》もり。

「……こんなこと言うと、引かれるかもだけどさ」

「なんです？」

「母さんがさ。よく作ってくれたんだ。ハンバーグ。だから、嬉《うれ》しかった」

ついそんな話をはじめてしまったのは、多分、暗くて疲れていたからだと思う。

「その、前から気になってたんですけど。初さんのお母さんって――」

「死んだんだ。急に。脳出血で」

ソナタが凍りつくのがわかった。

映画の中で、エイリアンに襲われた人が悲鳴をあげていた。傷つき、食いちぎられ、結局主人公はその人を救うことができなかった。僕はソナタのほうを見ることなく、そのシーンをじっと見つめていた。

「……素敵なお母さんだったんですね。羨ましいな」

ごめんなさい、というような形式的な謝罪を、彼女はしなかった。家には僕しかいないし、玄関には写真が置いてある。おそらくは薄々察していたのだろう。悲しむでも憐《あわ》れむでもなく、ただ受け止めてくれたことに、僕はむしろ感謝していた。他人にこんな風に母親の話をするのは、はじめてだったから。

けれど、ソナタの言い方に引っかかるものを感じて、僕は先を促してみる。

「ソナタのお母さんは？」

「……わたし、父が会社をやってて、母はそのサポートで忙しくて。なんでも、もともと音大に行っていて、ピアノのプロになりたかったんだけど、子どもを育てるのが大変で、なれなかったらしくて」

「それで、ソナタ、って名前……」

「はい。わたし、ふたり年の離れた兄がいて、どっちも優秀なんです。だから、あんまり期待されてなくて。女の子はいい男を捕まえなさいって言われてて……今回も、友達の家でしばらく暮らすって言ったんです。そしたら、男の子なの、優秀なんでしょ、うまいことモノにしてきなさいよ、ですって。初さんに失礼ですよね？」

その理不尽な物言いに、怒りたい気持ちはあったのだけれど。

内容のデリケートさに、僕は怒るタイミングを逃してしまう。

「お料理も、ずっと習ってきたんです。母がやってるのを横で見て、同じことができるように。なんでも言われた通りにして。ロボットみたいですよね」

僕の代わりに、映画の中の兵士がエイリアンを撃つ雄叫《おたけ》びが、返事をした。

「それで、映画を見たんですよ」

「映画？」

僕はその急な言葉を、オウム返ししてしまう。

「なんの映画だったか、どうして見たのか、よく覚えてないんですけど。内臓がぐちゃぁ！って出てるシーンだけ覚えてるんです。怖かったんですけど、それがすごく嬉《うれ》しくて！」

「嬉《うれ》しい？　内臓が？」

「はい。わたしにも、内臓があるんだなぁ、って思ったんです。人間だから。ロボットじゃなくて、ちゃんと生きてるんだなって」

「それは……」

「それから、特殊メイクとかそういうのが大好きになって。いちばん好きなのはアニマトロニクスなんです！　中身ロボットなのに、生きてるみたいに動くから！　……でも、そんなのわかってくれるわけないじゃないですか。だから——」

彼女は抱えた膝に目を当てて、一度だけ、すん、と鼻を鳴らした。

それから、パッと顔をあげて、映画の画面ではなく、僕を見る。

「でも！　このコンペで1位になったら、多分、大学で好きなことできるんです。親にお金、出してもらわなくてもよくなるので」

ソナタは僕のほうに身を乗り出す。画面の光がその長い睫毛《まつげ》に当たってできる影までもが見える距離。僕はとっさに身を引こうとした自分を、すんでのところで止めた。ここは、引いてはいけない。受け止めなくてはいけない。そんな気がした。

「意味わからないですよね。こんな気持ち悪いものが大好きで、もっとやりたいなんて。普通に考えたら、ピアノができて、お料理ができて、お洒落《しゃれ》して、結婚する人を見つけて、そのほうが、きっと――」

言葉はだんだんと彼女の喉に引っかかって、声を詰まらせていく。

「そうは思わないよ」

考えるより先に、僕はそう言っていた。

しかし、自分の発した声を聞いて、僕は自分に同意する。

「ぜんぜんそう思わない」

だからもう一度、できるだけ力強く、そう言った。

「初さん……」

「これがやりたい、ってことがあるのは、すごいことだよ。少なくとも、僕にはない。ソナタはこの映画を、僕にどうしても見せたかったんでしょ？　ソナタにどうしても見せたいと思うものがあるかって聞かれたら、僕は思いつかない」

彼女が追っているのは、数字では測れないものだと、直感的に思った。僕とは違う。僕は目に見える数字だけを、誰かに評価されるスコアだけを追っている。そういうさもしさとはぜんぜん違う豊かさを、彼女は持っている。

「それにさ。こうなりたいって姿があるんだろ。押し付けられた姿じゃなくて、自分がこうなりたいって姿が。そこに近づこうとするのが、悪いことなはずがない」

ソナタはきょとんとした顔をする。

それからぺしゃんこになったぬいぐるみみたいな顔をして、へへ、と照れた顔をした。

「そうですかねぇ」

「そうだよ」

「わたしがなりたいのって、エイリアンですけど」

「作りたいんじゃなくてなりたかったんだ⁉」

「はい！　いいじゃないですか、強くてかっこよくて、なににも縛られなくて、あと血液が強酸性で……」

「……な、なれるよ！　がんばれば、多分」

「えー、本当ですか？　そしたら食べちゃいますよ！　ぐわーって！」

ソナタは歯を剝《む》いて、僕の首筋を食いちぎる真似《まね》をした。
ふわりと髪が揺れて、シャンプーの香りがした。
僕が使っているのと同じ匂いなのに。
なぜかずっと甘く感じられて。
気がつけば、映画はエンドロールになっている。
黒い画面は、照明が消えた部屋を、さらに暗くして。
僕たちは、その中で。
触れ合うくらいの距離にいる。
他人には許されないくらい近くにいて。
ひょっとしたら、服を脱ぐよりも、恥ずかしいかもしれない話をして。
手を伸ばしたら、届くだろうか。
そう思ったときには、僕の手は、すでにソナタの肩に置かれていた。
思いがけないほど細い鎖骨の感触。
そのすぐ下に繫《つな》がる、柔らかさの気配。
「初さん、わたし――」
彼女は、僕の手を拒まなかった。
けれど。

僕はその先に進まなかった。

進むべきではない。

「ソナタ！」

「な、なんですか？」

「絶対1位を取ろう」

「はい……そうですね！　1位、取りましょうね！」

代わりにそう大きな声を出して、彼女を元気づける。個人的な感情ではなく、最初からチームの仲間として鼓舞したと、そういうことにする。

そんな僕の強引なすり替えは、しかし急に中断される。

窓の外にオレンジの光と、大きな音が鳴ったからだ。

「あ、稲葉だ」

「えっ、い、稲葉ちゃん⁉　どうしよう！」

「え、どうしようって、なにが？」

「初さん、早く電気つけて！」

「なんで？」

ソナタが慌てていると、玄関が開く音がした。同時に、ごほっごほっ、と咳《せ》き込む音がして、それから暗いリビングに、稲葉の影が姿を現す。

同時にリビングの照明がパチリと点灯する。小ロボットが操作したのだろう。

「戻ったわ」

「お、おかえりなさい、稲葉ちゃん！」

「おかえり……」

その状態になって、はじめて僕はソナタが慌てていた理由に気づく。

確かに、この状況。ふたりしかいない家の中で、なぜか電気を消して、触れ合うような距離で寄り添っている。映画のエンドロールはとうに終わっていた。非常に誤解されやすい光景ではあった。

まあ、とはいえ、だ。

別に僕とソナタがどうなっていても、いや、僕とソナタはどうにもなっていないのだが、いずれにしたって稲葉がそんなことを気にすることもないだろう。天才にとって、そんな人間の事情は些事にすぎないはずだ。

しかし、姿を現した稲葉は、妙にピリピリした雰囲気を身にまとっていた。彼女は僕たちをじっと見比べ、それからテーブルの上に載った空の皿に目を向ける。

「ごめんなさい、ごはんふたりぶんしか作らなくて！　稲葉ちゃん、帰ってくると思わなかったから！」

それを敏感に察して、ソナタは慌ててそう説明する。

言われてみると、稲葉が食事をしているところを見たことがなかった。いつもどこでなにを食べているのだろう。

「いいえ、必要ないわ。まあ見ていなさい」

なぜか意気揚々と、それまでのピリピリした雰囲気を火花に変えるように、稲葉は指を鳴らした。

すると、玄関から稲葉の小ロボットが次々と家の中に入ってくる。それぞれのロボットはなにかのパーツを運んでいた。ロボットたちはまるでハチのようにふわふわと行列を作ってキッチンに集まると、どんどんパーツを組み立てていく。

僕とソナタは顔を見合わせた。いったいなにをしているのだろう。

「稲葉、これは——」

「ちょっと待って」

稲葉は手をこちらに向けて、尋ねた僕を制する。なにをしているのかわからないまま、僕とソナタは呆然《ぼうぜん》と稲葉がやっていることを見つめるしかなかった。次々と運ばれてくるパーツは小ロボットによって見事に組み立てられていく。

「できたわ」

稲葉が得意げにそう言ったときには、キッチンには巨大なマシンが設置されていた。中央にはベルトコンベアのようなものが見える。なにを作るためのものなのだろう？　どうしてキッチンに?

「いい? 見ていて」

稲葉がもう一度指を鳴らすと、その機械は音を立てて動きはじめた。大小いろいろな音がして、やがて中央のベルトコンベアが動き出す。

その上に載って運ばれてきたものを見て、僕とソナタは続けて言葉を発する。

「カップ——」

「——麺?」

ベルトコンベアが停止すると上からロボットアームが伸びてきて、カップ麺の封を開ける。中に含まれた小袋を取り出すと、そのうちのひとつをカップ麺の中にあけた。展開したノズルから水——いや、湯気が立っているからお湯だ——が注がれると、アームが再びカップ麺の蓋を閉じる。同時に7セグメントディスプレイに数字が表示される。300と表示されたそれは、その直後から一定の速度で徐々に減っていく。それがタイマーであることは、すぐにわかった。

「稲葉、これ……」

「もうちょっとだから」

再びそう制され、僕たちはじっと待つことにした。タイマーが0になったとき、アームが保持していた小袋の封を切って容器の中に入れた。そして別のアームが蓋を取り除き、棒状の装置が中身をかき混ぜる。

そして、そのカップ麺は、ベルトコンベアの端まで移動し。

「はい、召し上がれ」

稲葉がそれを、僕に手渡したのだった。

「これは……」

「決まっているでしょう。全自動で料理をするロボットよ」

なにを言っているのか理解するのに、時間がかかった。

僕とソナタは、顔を見合わせる。

「カップ麺だよね」

「カップ麺、ですね」

「ええ。当然でしょう。カップ麺はこの世界でもっとも優れた料理だもの」

心から当然という顔で、稲葉は言ってのける。

「カップ麺は料理じゃないよね？」

「料理、じゃないですね」

「なにを言っているのかしら、こんなにすぐに食べられて栄養バランスがいい食事はないでしょう」

僕とソナタの見解は一致していたが、しかし稲葉にそれは通じていない。

「栄養バランス、そこまでいいだろうか……」

「お野菜、食べたほうがいいと思いますよ？」

「私はカップ麺とビタミン剤しか摂取していないわ。それでこの頭脳を維持している実績があるもの、大丈夫よ」

さりげなく恐ろしいことを言ってのける。

「このマシンはカメラでカップ麺のパッケージを画像処理、お湯を注いでからの時間、かやくおよびスープを入れる複雑なタイミング、それらをすべて自動で実行可能なの。お湯を注げば完成するという人類史における偉大な発明を、さらに包括的に自動化しているのよ」

僕は首を傾《かし》げる。

よくわからなかった。

いや、内容そのものはわかる。特に理解が難しいことではない。

「つまり、カップ麺を置いたら、あとは自動的にできる、ってことだよね」

「ええ」

「どうして、そんなものを……？」

僕が聞きたかったのは、ホワットではなくホワイだ。なぜ今、急に現れて、カップ麺を自動で作る装置を設置したのか。まったく意味不明だ。なにを考えているのだろう。

しかし、稲葉はその質問に答えない。

「ほら、のびる前に食べなさい」

「今ハンバーグ食べたばっかりなんだけど」

「いいから、早く」

「う、うーん……」

箸を渡され、僕はできあがったカップ麺をすする。

「どう、おいしいでしょう」

「まあ……カップ麺だね……」

「どう、嬉《うれ》しい？」

「あんまり……お腹《なか》もいっぱいだし……」

「おかしいわね。初、あなたの味覚はどうなっているの？」

「僕は自分の味覚より、今この現状がなんなのかについて聞きたいよ」

本当に、いったいなんなんだ。

僕はカップ麺の残りをダイニングテーブルに座って食べることにした。カップ麺なので特にまずいわけではないが、さっきソナタのハンバーグを食べたばかりなのだ、この状態で食べてうまいといえるほど、僕は大食漢ではなかった。

「ねぇ、稲葉。今まで留守にしてたのに、いきなりどうしたの？」

ラーメンを渋々すすりながら、僕は直接的に疑問をぶつけることにした。

すぐに答えが返ってくるかと思いきや、稲葉は腕組みをして考えている。

「その質問は……想定していなかったわね」

「珍しいね？」

「いえ、動機は明確だわ。ちょっと料理がしたい気分になったの」

「稲葉にも気分とかあるんだ……」

わかるような、わからないような。首を傾《かし》げながら、僕はカップ麺をなんとか食べ終える。スープは残しても許されるだろう、多分。

「ごちそうさま……」

「さあ、もうひとつできるわよ」

「なんでだよ！　2食も作らないだろ普通！」

「嬉《うれ》しいでしょう」

「端的に言ってぜんぜん嬉《うれ》しくない」

「そう……」

稲葉は口を尖《とが》らせて、しおれてみせる。それは見たことのない表情だった。

やっぱり、なにか妙だ。様子がおかしい。

確かに突然ジェットパックで飛んでいったり小さなロボットを撒《ま》いたりする奇妙なところはある。しかし稲葉の行動は常に合理的だ。気分などというもので動くとは思えない。なんらかの理由でこの全自動カップ麺調理マシンを今すぐ作らないといけない理由があったとして——

一切思いつかないが——動機について、稲葉はおそらく真実を語っていない。それは、僕が稲葉をよく観察しようと心に決めたことで気づいた点だった。端的にいって彼女らしくない。なぜだ？

しかし、すぐに答えは出なかった。そして、先に処理しなければならないもの——出来立てのカップ麺が目の前に運ばれてくる。決して彼女が落ち込んでいるからではなく、純粋にできあがってしまったものを捨てるわけにはいかないために、僕はもう一杯のカップ麺を食べる羽目になってしまった。さっきが醤油《しょうゆ》味だったのに対して、こちらはとんこつのようだった。少し味が変わったことだけが唯一の救いである。

「稲葉ちゃん、このマシンって、画像認識なんですか？」

「……ええ、そうよ」

謎の動機で謎に設置された謎のカップ麺調理マシンをしげしげと見つめていたソナタの質問に、稲葉は一瞬の間を置いて答える。僕はその様子を、草を反芻《はんすう》する牛のような気持ちで麺を口に運びながら聞いていた。少し成り行きを観察したい気持ちもある。

「文字を読んでるってことですよね？」

「カップ麺のパッケージ、および内包された小袋の表面印字を認識して判別しているわ」

「他のものも認識できるんですか？　たとえば、文字じゃなくて、かたちを捉えるとか」

ソナタの質問は的確だった。最下位、と自分を卑下していたこともあったが〈次世代高校生プログラム〉に合格している時点で土台優秀なはずである。

「可能だけど、学習元のデータが必要ね。文字情報に対して判別しなければならない対象の幅が広いから——」

僕はのびてきたラーメンをなんとか胃に流し込みながら、その会話を聞く。

カップ麺を自動で作ります、というのは確かに一定のすごさはあるのだけれども、自分で作れば？　と言われたら反論のしようもない。コンペにそのまま出してどうにかなるとは思えなかった。稲葉がなぜそんなものを突然作ったのかも依然謎のままであるわけだし。

しかし、意外に方向性は悪くないような気がする。

画像認識による対象の判別、か。

確かにカップ麺に表示された文字程度なら簡単そうだということは、天才でない僕にも想像がつく。もう少し高度なものを判別するためには、学習元のデータが必要であるというのが稲葉の見解だった。データというのは、つまりはその画像と、それがなんであるかのセットということだろう。

僕はふと、母さんのことを思い出した。

動画の中で、料理をする母さん。

その笑顔は、他のさまざまな要素と溶け合って、ひとつのイメージをかたちづくる。

これは——

僕は思わず立ち上がった。

ガタン、と椅子が音を立てて、稲葉とソナタが僕に目を向ける。

「稲葉。これ、野菜や肉などの食材を認識することはできる？」

「可能よ」

僕の質問に間髪容《い》れず稲葉は答える。

「食材の加工もできるよね？」

「作業内容に対応したアームを設置すれば当然」

「なら……これ、料理ができるんじゃないか？」

「料理はもう作ったでしょう」

「いや、だから、カップ麺じゃなくてさ。ええと、普通の料理。たとえば、ハンバーグとか！」

「……できるわ」

たっぷりと数秒置いてから、稲葉は返答する。

「なんか今、妙な間がなかった？」

「理論上は可能ということよ」

僕は少し考えてから、わざと意地悪な笑みを浮かべてみせる。

「へぇ、天才にもできないことがあるとはね？」

「できないとは言っていないわ。そもそもカップ麺というもっとも合理的な食事が存在するのに、それ以外の料理って必要かしら？　非合理的だわ」

「理論上可能は実現不可能の言い換えでしょ？」

「違う……不足している要素があるだけ」

「具体的には？」

「さっきも言ったでしょう。学習させるデータがないのよ」

稲葉は妙にカップ麺にこだわっている。その点での議論を回避するために、僕は意図的に論点をずらす。稲葉は若干の苛立《いらだ》ちをわずかににじませたが、一方的な拒否ではなく具体的な問題点を引きずり出すことができたのだから、そんな挑発にも効果はあっただろう。

「データか。食材を認識し、その調理を行う映像が大量にあればいいんだよね」

「……否定しない」

「つまり肯定だ。ソナタ」

僕は確信と共に、ソナタに向き合い、彼女の名前を呼ぶ。

「は、はい？」

「君にハンバーグを作ってほしい。毎日」

「え、ええ!?　それって、その、なんていうか」

「目線に近いところにカメラを設置して、その映像を大量に撮影するんだ。そうすれば食材の認識から調理までのデータをロボットに入力できる！」

「あ、あー、そういう……はい、できます、やります！」

ようやく見えてきた。

料理をするロボットなら、活躍する場所が明確だ。ストーリーも作りやすい。それぞれが果たす役割も説明できる。

これなら、なんとかなるのではないだろうか。

1位を取れる、という確信はないが。

少なくとも、勝負にはなるはずだ。

「よし、とりあえず、これでプロトタイプを作ってみよう。僕はプレゼンテーションをどうするか考える。コンセプトの見せ方は絶対に大事だから」

「チームっぽくなってきましたね！　わたし、明日食材を買ってきます！　これで『エイリアン』シリーズ全部見られますね！　他の映画も選んでおかなくっちゃ！」

「それはもういいよ……」

ふと時計を見れば、ずいぶん遅い時間になっていた。

「いったん今日はここまでにしよう。はじめるのは明日からだ」

ソナタはあくびをしながら、確かに……わかりました、お風呂《ふろ》行ってきますね、と言い残して浴室に向かった。最初はソナタや稲葉が入浴するたびにドキドキしたものだが、今となってはすっかり日常になってしまった。なお、ソナタも高圧洗浄には懲りたらしく、あれ以来ひとりで入浴している。

「稲葉」

「なに？」

「明日でいいからさ、このカップ麺調理マシンを移動して、キッチンを使えるようにしてくれる？」

「……わかったわ」

明らかにしぶしぶといった風情《ふぜい》で、稲葉はパチンと指を鳴らす。小ロボットがわらわらとやってきて、あっという間に機械は解体されていく。

「あっ」

それを見て、僕は思わず声をあげてしまう。

「なにも解体しなくてもよかったのに」

「必要のないものを残しておいても仕方がないでしょう」

稲葉はそう応える。平板で、感情の読み取れない言い方だった。

しかし、いつ見てもすごい技術だ。

これなら料理ロボットも、きっとスムーズに完成するだろう。

僕が解体されていく機械を眺めていると、稲葉が僕の名前を呼んだ。

「……初」

「なに？」

「ハンバーグ、おいしかったの？」

「ああ。ソナタは料理に慣れてるし、ロボットについての知識もある。学習元データはきっとうまく作れるよ」

「そうじゃなくて。カップ麺、嬉《うれ》しくなかったのよね？」

僕はそこではじめて、稲葉のほうを見た。

彼女はうつむいて口を尖《とが》らせ、目を逸《そ》らしていた。

その表情から推察される感情を、一言で表現するなら。

拗《す》ねている？

「タイミングの問題だね。夜食で出てきたら嬉《うれ》しかったと思う。今はお腹《なか》一杯だったから」

「そう」

稲葉はしおらしくそう言うと、2階に向かった。

僕はその姿を見送ってから、考える。

稲葉がいったいなにを考えているのか、今に至ってもよくわからなかった。

多分、稲葉とどこかでちゃんと話さなければならないのだろう。

プライベートを詮索するつもりはない、と思ってここまでやってきた。

しかし、良《い》いチームを作るためには、お互いの信頼関係も大切なはずだ。

稲葉のことを、僕はなにも知らない。

ふと、スマートフォンで彼女の名前を検索してみる。

水溜稲葉。

その名前に紐《ひも》づけられた情報は、どれも華々しいものばかりだ。どこからどう見ても有名人である。それが今、僕の家に居候《いそうろう》しているとは、いまだに信じがたいものがある。

しかし本人と接する中で、これらの情報が、表面的なものであることもまた、わかってきつつあった。

けれど、どんなふうに話せばいいというのだろう。

いつもどこかに出かけていて、自分のペースで傍若無人に生きるあの天才が。

果たして、僕に心を開いてくれるだろうか。

僕はもう一度、スマートフォンに目を落とす。そこには天才高校生という肩書きと共に、微《ほほ》笑《え》みすらしない稲葉のポートレートが、煌々《こうこう》と光っていた。

第六章 ―UNWRAPPING―

それから僕たちは、三食ハンバーグを食べる生活に入った。

ソナタにとってそれはなかなか過酷な日々であったと思う。なにせハンバーグは手間のかかる料理だ。しかもデータ作成という目的からして、そのすべてを手作業で行わなくてはならない。ソナタが料理にやりがいを見出《みいだ》していたことと、なにせおいしいのでなかなか飽きないところがせめてもの救いだった。ちなみに『エイリアン』シリーズはとうに全作を見終えてしまい、次いで『プレデター』シリーズを見る羽目になった。そしてそのふたつが急に対決をはじめて、僕は呆《あき》れかえって驚き、ソナタはまるでいたずらに成功した子どものように手を叩《たた》いて喜んだのだった。ちなみにハンバーグとの相性は、明らかに『プレデター』のほうが悪かったことは付け加えておきたい。

大学で行われる湖上《こがみ》教授の講義はいよいよ本格的かつ専門的になっていく。平行して、僕たちは稲葉《いなば》からもロボット工学のレクチャーを受けていた。〈次世代高校生プログラム〉の講義は体系的だったが、稲葉のレクチャーは独特で、理解に時間がかかる部分も多かった。しかし稲葉が行う実装についての知識がなければ、口頭試問を生き延びられるとは思えない。僕たちは少しでも稲葉に近づくべく、毎日勉強を重ねていた。

すべてが順調であるかのように思われた、そんなある日のことだった。

「は、はひへはん。ほほほふほはいはふ」

「ん、おはようソナタ」

起きてきた僕は、洗面所で歯を磨くソナタに遭遇する。隣から手を伸ばして僕も歯ブラシを取ると、歯磨き粉をつけながら、僕は連絡事項を確認しておく。

「今日は授業休みだけど、ソナタはどうする？」

「ははひはひょっほほはいほほははっへ」

「ごめん、磨き終わってから聞けばよかったね」

歯ブラシを口の中に入れたまま首と手を同時に横に振っているソナタの様子は、なかなかに滑稽で、僕は謝りながら思わず笑ってしまう。いや、話しかけられたほうからすればいい迷惑だろうが。

ソナタは僕を見つめたまま急いで歯を磨いてから、口をゆすいで、ほわあ、というような深呼吸をしてから、改めて説明した。

「今日はわたし、お買い物に行きたくて」

「はひほはふほ？」

「フライパン、買っちゃおうと思って、ちょっと加工が剝げていてくっついちゃうので」

「はー、ふふひははへはほふはひはう。ふふはふへほひひうはははいほ?」

「実物見て買いたいんですよね、大きさとかピンと来なくて」

「はふほほ、ほはうははははひへへ、ほうふうほはふへふひ」

「そのつもりです」

「ほふほひっはほうはひひ?」

「いいえ、初《はじめ》さんのお手を煩わせるほどでは……」

いや、なんで僕が言っていることがわかるんだ?

会話が成立していることに驚きつつも、僕は歯を磨き終えて口をゆすごうとする——が、カップを取る動線上にソナタがいたので、背中に手を当てて避けてもらう。

「ひゃっ」

「あ、ご、ごめん、うわっ」

僕は彼女が悲鳴をあげて、はじめて彼女に不用意に触れてしまったことに気づく。謝罪すると同時に僕の口からはじっくりと泡立てられた歯磨き粉が溢《あふ》れてしまう。

急いで口をゆすいでタオルで拭くと、ソナタが部屋着の裾を握って、なにやらもじもじとしていた。

「本当にごめん、そんなつもりじゃなかったんだ、油断してた」

「そ、それはいいんです、そうじゃなくて、ですね」

僕は訝《いぶか》しさに自分の眉が寄るのを感じた。なにを言おうとしているんだ？

「……あっ、いや、あの、やっぱりですね、よかったら一緒に、お買い物いきませんか？」

「いいよ、むしろそのつもりだったし」

「その――」

ソナタはきょろきょろとあたりを見回す。それから少し背伸びをすると、僕の肩に手を置いて、耳元に口を寄せて囁《ささや》いた。

「――その後、映画とか、見に行きませんか？」

「ん……？」

僕は首を傾《かし》げる。なんだ今のは。フライパンの購入と映画がどう関係あるんだ。一瞬の間を空けて、その発言が意図する可能性に気づく。

「え、それって、ひょっとして――」

デートとか、そういうことだろうか？

いや、待て、まだ論理的にそう確定できるだけの材料は揃《そろ》っていない。勝手に思い込むのは非常に良くない。ソナタはもともと映画が好きなのだ、単に大画面で見たい映画があるのかもしれない。そこに僕が必要な理由は――

「ちょっとよけて。私も歯を磨くわ」

そこまで会話をしたところで、急に僕とソナタのあいだに、稲葉が割り込んでくる。

「い、稲葉ちゃん、お、おはようございますぅ！」

どうがんばってもわざとらしい挨拶になってしまっているソナタを無視したまま、稲葉は歯を磨きはじめる。いや、磨かせはじめる。空中を移動する小ロボットに歯を磨くためのアタッチメントらしきものが装着されており、それが稲葉の口の中に入って振動をはじめたのだった。

なんだこれは。

「稲葉、それここでやらなくてもよくない？　別に洗面台使ってないじゃないか」

〈いえ、歯は洗面所で磨くものでしょう〉

そんな合成音声が響く。どうやら周りの小ロボットが、稲葉が話そうとしていることをキャッチして、クリアな音声に直して再生しているらしい。まったく器用なことをする。

「今までここで磨いてたっけ？」

〈洗浄のための水はロボット側のタンクに蓄えておけるし、排水も同様よ〉

「それ洗面台に来る意味がなくない？」

〈生活習慣とは同じ場所で同じ行動をしてこそ身につくものだから〉

「だから今までここで磨いてなかっただろ……？」

僕が首を傾《かし》げていると、洗浄パイプを口に入れた稲葉が突然むせはじめた。

「ごほっ、ごほごほっ」

彼女の音声を拾っていたであろうマイクがハウリングを起こして、キンという音が鳴る。

「どうしたの⁉」

「い、稲葉ちゃん！」

僕が稲葉にタオルを渡し、ソナタが背中をさする。

稲葉はしばらくタオルに咳《せ》き込み続けていた。深く、湿った咳《せき》。よほど大量に水が気道に入ったのだろうか。本当に苦しそうだ。

稲葉は、手を広げて大丈夫、という意味のジェスチャーをするが、とても大丈夫そうではない。僕たちはしばらく彼女を見守っていたが、徐々にその咳《せき》は収まってきていた。

「稲葉、大丈夫？」

「……平気よ。少しむせただけ」

そう言った稲葉の表情には、複雑な色が浮かんでいるように見えた。

苛立《いらだ》ちと、悲しみ。色にたとえるなら、赤と青。それがマーブル状に混ぜ合わされているように僕には感じられる。

しかしそれがなにを意味しているのかは、よくわからない。

彼女はタオルをソナタに押し付けるように渡すと、ごほん、とひとつ咳払《せきばら》いをしてから、こう宣言した。

「今日は３人で外装の相談をするわ」

「確かにそれは必要だけど……」

「が、外見は大事ですよね！　うん！　そうしましょう！」

「では15分後にラボに集合。いいわね」

「だから稲葉のラボじゃなくて僕のガレージだって……」

「わかりました！　準備して行きますね！」

稲葉が出ていく背中を、僕たちは見送った。

「……ソナタ、さ。フライパンは今日じゃなくていいの？」

「いいんですいいんです、急ぎじゃないですし！」

「えっと、映画は……？」

「そ、それもまた今度で！　そのうちで！　いつかで！」

取り繕うように彼女はそう言って。

「さ、はやく準備しないと！　15分ですよ！」

トタトタと音を立てて、2階の寝室に上がっていった。

それ以上、僕はなにかを問いただすこともできず、僕は自分の準備を整える。

その間も、僕の思考は止まってくれることはない。

ソナタは明らかに、僕だけを映画に誘う気だった。稲葉を含めてではなく、僕だけを。誤魔化したのは稲葉が来たからだ。そしてそれは稲葉を誘う気がなかったことを意味している。確かに彼女は映画などには興味がないだろうが、だからといって最初から排除することはないはずだ。なら、彼女が僕を誘ったのは、やっぱり――

そこまで考えたところで、僕の身支度は整っていた。家を出てラボ――いや違う、僕のガレージに向かうと、すでに稲葉とソナタが待っていた。

「あ、初さん。遅かったですね！　ギリギリですよ」

明るく、何事もなかったかのように、ソナタはそう言う。

「え、あ、うん、ごめん」

だから僕も極力、意識しないように返事をした。その振る舞いからして、何事もなかったかのようであることを、ソナタは望んでいるだろう。だとしたら、いったんはそれに応える他はなかった。

「外装だったよね。稲葉はなにか提案があるの？」

僕たちをじっと見つめる稲葉に、僕はそう水を向ける。

「いいえ。そろそろ相談しておかないといけない時期だと思っただけ。内部フレームにも関係あることだから」

「まあ、外見は重要ではあるけど……」

もともと、外装のデザインについて相談しておきたいという話は出てはいた。

稲葉の隣には、仮設の人型ロボットが立っている。その外見は、お世辞にも整っているとは言い難《がた》い。ロボットの構造は、ある意味では人間と大差ない。まず地球の重力に対してそのボディを支持する骨組みとしてのフレームがあり、関節部分には身体《からだ》を動かす筋肉に相当するアクチュエーター、今回の場合はサーボモーターが設置されている。各部に目や耳となるセンサーが設置されていて、そこからの情報を脳にあたるコンピューターが処理し、各部を動かす指令を送る。それは有線のケーブルを介して伝達されるので、色とりどりのケーブルが神経のように張り巡らされている。だからなんというか、とても散らかった外見なのだ。

「この状態で〈料理をします!〉って言われても、ちょっとビジョンが見えにくいからね」

「そうですかね?　わたしはいいと思いますけど。人体模型みたいで」

「世間一般的には人体模型は不気味なものとされているんだよ」

「え!　いいじゃないですか人体模型!」

「良《よ》し悪《あ》しではなく、向き不向きの問題なんだ……」

ソナタは唇の片方に力を入れて引くと、斜め上を見て少し考える様子を見せる。

「うーん……なら、こういうのはどうですか?」

それから置いてあったタブレットを手に取り、ザクザクとスケッチを描いて、僕と稲葉に見せた。

それを見て、僕はふたつの点で驚いてしまった。

まずひとつは、彼女の絵が上手《うま》かったことだ。いや、絵というよりは、洗練されたデザインスケッチという感じの描線。要素がきちんと整理されて、すっきりとまとまっている。きっとこういうのをセンスというのだろう。思えば彼女が作った奇妙なぬいぐるみも、不気味ではあるもののよくできてはいた気がする。

「絵、上手《うま》いね」

「へへ、ありがとうございます」

照れるソナタだったが、もうひとつの驚愕《きょうがく》のほうが問題である。

ソナタは得意げに、自分の描いたものを説明する。

「まず黒いつやつやした外装で包んでですね、口の中から粘液を滴《したた》らせてもうひとつ口が――」

「うん、それはSFホラーだね、料理しそうにないね」

「なら身体《からだ》は人間に近くして、マスクの下に4本の牙を持った顔が――」

「それも料理じゃないね、狩りだね」

「そうだ、顔をホッケーマスクにしましょう！ それで手には鉈《なた》を――」

「料理するなら包丁のほうがいいんじゃないかな……？」

「うーん、やっぱり料理といえばエプロンですかね」

「そう！ そうだよ！ その方向性で行こう」

「そこにチェーンソーを持たせて――」

「台無しだよ！　なにを料理する気なの⁉」

もうひとつの驚きは、絵柄がどう考えてもホラーでしかない点である。まあ驚きはしたものの、ソナタの描いたものだと思えば納得もする。しかしなにから影響を受けた絵なのかわかるようになってしまったあたり、僕もだいぶソナタに毒されてきているなと思う。

「もうちょっと、その、危険じゃない感じのやつで――」

「オリジナリティがないから権利的に危険ってことですか⁉」

「ホラーをやめようって話だよ」

「わたしからホラーを取ったらなにが残るんですかぁ……」

「大丈夫だよ！　ほぼ丸ごと残るよ」

「……外装も、私が作ればいいでしょう」

不毛な議論を見かねた稲葉がそう提案するが、僕はそれにはあまり賛成ではないのだった。

「んー……料理ロボットだからさ。プレゼンの都合を考えると、見た目で方向づけしておきたいんだ。家庭的で、優しさがあって、でも見飽きなくて、邪魔にならない。家電みたいな、でも無機質すぎない感じ。そういうのがいいんだけど――」

予想通り、それを聞いて稲葉は首を傾《かし》げる。

「外見というのは合理性の結果として立ち現れてくるものでしょう？　強度、生産性、可動域の確保、それを決めていけば自動的に決まっていくと思うのだけれど」

「それも正解なんだけどさ。心理効果だって大事な機能だろ？」

「人間なんかの物の見方に合わせて、最適解を歪《ゆが》める必要がある？」

「──というのが問題なんだよな」

稲葉の作ったロボットは、どれも独特の美しさがある。それは否定しない。しかしそれは、人間を、あるいは人間性を拒否するような、研ぎ澄まされた機能美だった。そのデザインが悪いというわけではないが、今のコンセプトとは合っていない。

「ここはビジョンがいちばんはっきりしてる初さんがデザインするのはどうですか⁉　初さんが描いたロボット、見てみたいです！」

そうソナタが意見を述べたので、僕はふむ、と頷《うなず》く。まあ理屈としてはそうなるだろう。口だけ出して手を動かさないわけにはいかない。

「タブレット貸して」

そして受け取った液晶に、ペンを走らせて。

くるりと回して、ふたりのほうに向ける。

「さてなんでしょう」

ソナタと稲葉は、目を細めて、僕の描いたそれをじっと見つめた。

「え、宇宙怪獣？」

「待って、この曲がりくねった足……タコじゃないかしら？」

「でもなんか角生えてません？　トリケラトプス？」

「私は天才なのよ、解読できないはずが――」

さんざんふたりを悩ませた挙げ句、僕は答えを発表する。

「正解は、ネコだよ」

ああー確かに言われてみれば！　という納得感ある歓声が、あがるわけもなく。

ふたりはよりいっそう眉を寄せて、画面に近づく。

「えーっと、わたしは好きですよ、ホラーっぽくて……遊星からのネコっていうか……」

「初、あなたのネコの定義は……？」

「ね、向いてないんだよ」

万年2位。それが僕のステータスだ。だが2位ですらとても不可能な分野もある。絵を描くことは、そのひとつだった。

「そういうわけだから、僕は無理」

「でも、それだと全員ダメじゃないですか？　わたしは真逆のものしか描けないし、稲葉ちゃんは合理主義すぎるし、初さんはネコが宇宙怪獣とタコとトリケラトプスのキメラになっちゃうし――」

そう、まさにそれが問題だった。

僕はソナタの発言を反芻《はんすう》する。

……いや、待てよ。

この中で、もっとも可能性があるのは——

「それだよ」

「はい？」

「逆！　逆をやればいいんだ！」

「ぎゃく？」

まったく意味がわからないという顔をするソナタに、僕は自分の直観を、徐々に言葉にして伝えていく。

「ソナタ、人を怖がらせるものを描くのは得意だよね」

「それは、そうですね？」

「たとえば人が怖がるのって、どういうもの？」

「えっと、ヌメヌメしていたりして触ったときに気持ちが悪そうなもの、脚や腕がたくさんあるもの、単純に大きくて強そうなもの、それから予想と違う動きをするもの、あとは表情ですかね、人間に近いけどちょっと違うもの、なにを考えているかわからないもの——」

「そうだ、ソナタは人が怖がるものがなにか、誰よりわかってる。だから——」

「あ、逆って、その逆をやればいいってことですか？」

「そう！　今やりたいデザインは、ソナタが好きなもののちょうど逆なんだ！　つまり、ソナタが考える、いちばん怖くないロボットを描いてほしいんだ!」

「な、なるほど! そんなこと、考えもしなかったです! じゃ、たとえば――」

ソナタは僕からタブレットを奪うと、夢中でサラサラとペンを走らせていく。その先端が描く描線はビットマップの上に記録されていき――

「――こういう感じとかどうでしょう!」

そこには、見事なロボットのデザインが記されていたのだった。

「いける、これならいけるよ!」

「これはざっと描いてみただけなので、もっとちゃんと詰めます! 強度とかも考えないとですし!」

「そうだね、可動域と、あと固定形式も想定して――」

「わ、わたしにも役に立てることがあったんですね! やった! 初さん、ありがとうございます!」

そう言ってソナタは飛び跳ね、僕に抱きついた。

そう、抱きついた。

彼女の身体《からだ》の重さが急に加わって、重心がいきなり遠のく。僕は倒れないために足を引き、受け止めるように身体《からだ》を傾け、そして変わった重心が自分のそれから離れすぎないように、彼女の腰を抱きとめ、自分に密着させた。それは僕の身体《からだ》が、倒れないために勝手にやってしまったことだった。僕の意志ではない。そうするつもりなんてなかったのだ。本当だ。

「あっ……」

そう小さな声を漏らして、ソナタは我に返る。

吐息に近いそれは、かすかに僕の頰にかかる。その身体《からだ》の柔らかさと骨の細さは、僕とはまるで違う生き物みたいだった。ぎゅっと押し付けられて形がかわるその圧力、ゆるやかに伝わってくる温度、しっかりと存在する質量、甘い蜜をたたえた花のような芳香。そのすべてが僕の頭脳から、あらゆる冷静さを奪い去る。

「ご、ごめんなさい、わたし、つい」

そう言いながら、ソナタは顔を背けて。

なのに、すぐに離れようとはしなかった。

「いや僕こそごめん、転びそうだったから……」

だから僕も、それを言い訳に、彼女を抱きとめたままでいた。

永遠に近い、数秒間。

「……さて、話はまとまったかしらね？」

「あっ、はい！」

「うん、それでいこう。はは……」

稲葉の声で僕たちは正気に返り、ぱっと身体《からだ》を離す。

「じゃ、じゃあ、わたし、お昼のハンバーグの準備してきますね！」

「うん、よろしく……」

バタバタとガレージを出ていくソナタの背中を見て。

それがさっきまで自分の腕の中にあったのだなと、つい考えてしまう。

ぼうっとした脳が、ごほん、という咳払《せきばら》いの音を認識して。

「あっ、稲葉！　そ、その……」

じっとこちらを見つめる稲葉の存在を再認識する。

なにか言われるかと思ったけれど、慌てる僕の様子を意に介する様子もなく。

「外装の接合形式についてなのだけれど、どういう想定かしら。それによってはフレーム側に受けが要るわ」

そう切り出してくる。

「ああ、うん、えっと、まあデザインにもよるとは思うんだけど、できれば無骨な印象のボルトオンは避けたくて、強度はぜんぜん必要ないから――」

以降、稲葉は特別になにかを言うこともなく。

何事もなかったかのように、僕たちのプロジェクトは、進んでいった。

少なくとも、表面上は。

ソナタは料理をこなしながら少しずつ外装のデザインを詰めていき、稲葉が担当する中身とも調整していった。いくつかのプロトタイプを出力し、実際に装着して印象を見ながら、僕たちはああでもないこうでもないと議論を進めていった。

あれからソナタがなにかを言い出してくることはなかった。再び映画に誘われることも。僕に興味をなくしたのだと思いたいような、思いたくないような、複雑な感情が僕の中で綱引きをする。

ソナタがそうする理由も、わかるような気がした。

僕たちのチームは、明らかに、うまく機能していた。

このまま行けば、1位も射程圏内なのではないか。

僕も、ソナタも――稲葉がどうかはわからないが――そんな期待を、口にしないながらも抱いているのがわかった。それくらいの手応えが、今の僕たちにはあった。

それを壊したくない。

今、僕がソナタの気持ちを確認して。

ソナタの答えが、どうであっても。

僕たちの関係は、決定的に変わってしまうだろう。

その先は、予測することが難しい。

もしこれで空中分解してしまったら。

1位になれた可能性を、壊してしまったら。

僕は、いや、僕たちは、おそらくずっと後悔することになる。

しかし、僕にとっては、理由はそれだけではなかった。

わからなかったのだ。

自分の、気持ちが。

ソナタに惹《ひ》かれる気持ちは、間違いなくある。

しかしそのことを考えると、いつも稲葉の顔が浮かんでくる。

ソナタといると、いつも安らぎを感じる。

でも稲葉のようになりたいと、僕は常に願っている。

そもそも、僕は人を好きになったことなんてないのだ。

僕にとって人生でもっとも重要なことは、1位になることであり続けてきた。

小学生からずっとだ。

人を好きになることなんて、考えもしなかった。

だからわからない。

ソナタに好かれるというルールの競技をすることはできるだろう。彼女の好きそうな人間を演じ、彼女の世界の中で1位を目指す。稲葉の場合は難易度がエクストリームハードだろうが、チャレンジすること自体は可能だ。

でも、それは恋でもなんでもない。誰もそんなことは望んでいない。僕自身もだ。

ソナタに対する感情も、稲葉に対する感情も、自分の中にあるものを見つめることはできる。

けれど、それがいったいなんなのか、名前をつけることは難しい。

誰も、人を好きになることがどういうことか、定義してはくれない。

ふと、思う。

母さんは、どうして父さんと結婚したのだろう。

ふたりが互いに向け合っていた感情が好きなのだと、素直にそう思える。

いつも笑顔だった母さん。

その笑顔を嬉《うれ》しそうに記録していた父さん。

母さんが生きていたら、聞くことができたのだろうか。

父さんが海外に行ってしまうことも、なかったのだろうか。

高校生にもなって、親に恋の相談をするなんて、恥ずかしくてできなかったかもしれない。

でも、そうでなかったかもしれない。

少なくとも、選択肢は、生きたままだった。

今の僕は、なにをどうしても、その選択肢を選ぶことはできない。

動画の、写真の、データの中の母さんは、いつも微笑《ほほえ》んでくれるけれど。

僕の問いに答えてくれることは、決してない。

会いたいなんて感情は、もうないと思っていた。

答えを求めているわけじゃない。

これは僕が決めなければならないことなのだ。

だとしても。

せめて聞いてみたかった。

ヒントが欲しかった。

知れば知るほど、世界はあまりにも複雑すぎて。

僕にはわからないことが多すぎる。

僕はどうしたらいいんだろう。

ねぇ、母さん。

■

「ちょっと、買い物に付き合ってほしいのだけれど」

そんなある日、火曜日の朝。

稲葉が急に、そんなことを言い出した。

「は？」

僕はとても驚いた顔をしていたと思う。顎が外れそうになるとはこのことだろう。

「買い物？　稲葉が？」

　ここまで一緒に生活していて、稲葉が一度も買い物に出かけたことがないのを、僕は知っていた。日用品からロボット製作に必要なパーツまで、不足しそうなものは自動的にＥＣに発注する仕組みが確立されており、毎日運送会社がやたらと家に段ボールを届けていたからである。

　その稲葉が、買い物？

「なにを買うの？　パーツとか？」

「それは後で言うわ」

「あ、ソナタに確認しないと。食事をしてくるならハンバーグの量も変わるだろうし」

　今日はたまたま講義がなかったので、ソナタはハンバーグの材料を買い出しに出かけているのだった。連絡しようと取り出したスマートフォンは、稲葉によって取り上げられてしまう。

「もう話は通してあるから」

「……そうなの？」

　僕は稲葉からスマートフォンを取り戻しながら、自分の眉が寄るのを感じた。

　これは明らかに、今までにないパターンだ。

　僕は少し考える。いつになく強引で、有無を言わせない雰囲気があった。

　まだよくわからないが、なにか意図があるのだろう。

　そう踏んで、僕は誘いに乗ることを決める。

「わかった、ちょっと待ってて」

バタバタと準備をして靴を履き玄関から出ると、稲葉はすでに待っていた。

「電車、何線に乗るの？」

「線？」

「え、いや、路線。電車で行くんだよね？」

「なにを言っているの、そんなわけないでしょう」

稲葉は心の底から不思議そうにそう言うと、パチンと指を鳴らす。

ふわふわと飛んできた小ロボットのアームには。

ジェットパックが下げられていた。

しかも、ふたつ。

「これで行くのよ」

「無理無理無理！　無理だって！」

そんなもの使ったこともないし、使えるわけもないし——しかし僕の抵抗もむなしく、ジェットパックは小ロボットによって否応《いやおう》なく背中に取り付けられてしまう。皮肉にも固定はしっかりしている。安全そうだ。いやジェットパックである時点でぜんぜん安全ではないが。

「右の操縦桿《かん》がスロットルとヨー、左の操縦桿《かん》がピッチングとローリング。計器類はＨＵＤにまとめて表示されるわ、バーティゴの場合は計器飛行に努めること」

「出てくる用語が全部わからない！」

「とはいえフライ・バイ・ワイヤである程度までは自動姿勢制御だから、不注意な動きさえしなければ落ちたりはしないわ、安心して」

「それ下手したら落ちるってことでしょ⁉　安心感がゼロだよ！」

「マスクは酸素の供給と防風ゴーグルを兼ねているから、絶対に外さないように」

「そんな高空を飛ぶの⁉」

「さあ、行くわよ。ついてきて」

「待って待って待って！」

僕の心の準備を待つことなく、徐々に大きくなる音と振動。やがて白煙があがり、エンジンが始動した。発生した推力で、ふわっ、と一瞬無重力状態になってから。

「うわあああ！」

僕は勢いよく、空中に射出された。

上昇と共に、身体《からだ》に急激な重みがかかるように感じる。みるみるうちに高度が上がっていって、地面が離れていく。感じたことがないくらい強い風と、ジェットパックの噴射熱の両方を身体《からだ》に感じた。一定の高さまでは、小さくなっていく風景が恐怖でしかなかった。しかし今まで経験したことがないほど高くまで来てしまうと、意外に現実感がない。まるでミニチュアを眺めているみたいだ。

〈初、生きている？〉

酸素マスクに内蔵されたイヤホンから、稲葉の声が聞こえる。

「なんとか」

視界の先に、稲葉が飛んでいるのが見えた。僕の応答もマイクを通じて、向こうに送信されているのだろう。

〈ついてきて〉

簡潔にそう言うと、稲葉は距離を離していく。加速した、ということだ。

「どれが加速だったっけ……ええええ！」

稲葉に聞く前に、僕は急激な回転をはじめていた。

「わあああ！」

三半規管が悲鳴をあげている。人間がしてはいけない動きだ。僕は込み上げる吐き気を抑えながら、夢中で操縦桿《かん》を操作する。

やがて姿勢を安定させられるようになるまで、意外に時間はかからなかった。自転車に乗るようなもので、ひとたび両手の操縦桿《かん》の使い方を覚えてしまえば、かなり自在に空中を移動できるようになった。空中でジェット噴射だけで姿勢を制御するなんて不安定に決まっているが、そこは稲葉の設計の優秀さなのだろう。

なんにせよ。

　僕は生まれてはじめて、空を飛んでいた。

　それは想像していた感覚とは、ずいぶん違っていた。柔らかい空を優雅に飛ぶのかと思っていたが、まったくそんなものではない。高速で移動する物体に対して、空気は重く、そして硬い。それを無理やり推進力でかきわけるようにして、前に進んでいく。

〈初飛行の感想は？〉

「ええと……過酷！」

　飛んでいくにつれて、街並みはだんだんと移り変わっていく。人間はもはや見えない高さだ。

「でも……気持ちがいい」

〈そうでしょう？〉

　ゴーグルのレンズ越しに前方を飛ぶ稲葉の姿を見て、ふと思う。

　重く硬い空気。

　操作を失敗すれば落ちるかもしれないという緊張感。

　そして、僅かな鳥の他は生きるもののない、絶対的な孤独。

　彼女にとって、生きるとはこういう感じなのだろうか。

　誰とも共有できない目線。

　みんな、天才は優雅に羽ばたくものだと思っている。

　自分たちには届かない、天国のような場所にいるのだと信じている。

けれど、本当はそうではないのかもしれない――

〈着陸するわね〉

そんなことを考えていると、稲葉の指示が聞こえてくる。

「了解……でいいのかな？」

〈ナビゲーションはこちらで出すわ、危険だから変な動きはしないで〉

「え、なにが変な動きなの？　定義を明確にして！」

〈機体を不安定化し、落下と激突の可能性がある空中機動〉

「ごめんやっぱり定義じゃなくて具体的にやっちゃいけないことが知りたいな！」

〈降下開始〉

「ちょっとぉぉぉぉ！」

一瞬にして、僕は恐怖に満たされる。

かなりのスピードで地面が近づいてくる。

かつて人類の祖先は樹上で生活していたという。きっとそのころ、落下は致命的でなんとしても避けなければならない現象であったに違いない。だから落下を恐怖するように進化した形質は、今なお残り続けている。

理性ではコントロールできない本能的な不安。

「ああああああ！」

飛び立ったときとは逆回しのように、周囲のオブジェクトがだんだんと大きくなっていく。

もうダメだ、激突する、そう思った瞬間。

ジェットパックの噴射は大きくなり。

速度は徐々にゆっくりになっていく。

最後には、ふわり、という柔らかさで。

僕たちは商業施設の屋上に着陸していた。

その商業施設は、駅と直結しているタイプのものだった。最寄りの駅ではなく、遠くの大きな駅である。その屋上に設けられている広場に、僕たちは降り立ったのだ。まるでヘリポートのように。確かに屋上広場は着陸には最適だったが、だからといって本当に着陸するのはどうかと思う。

周囲には一定の距離を取って小さな人だかりができていて、自然と拍手が起きていた。指差している人もいる。呑気《のんき》なものだ。見世物ではないのだけれど。

稲葉がパチンと指を鳴らすと、稲葉の背中のジェットパックは小さく折りたたまれ、リュックサックくらいの大きさになった。僕のほうも作動音が伝わってきて、振り向くと同じ状態になっている。同時に、ジェットパックに備え付けられた格納スペース——そんなものがあるとはじめて気づいた——から、小ロボットがわらわらと出てくる。稲葉がジェットパックを降ろすと、何体もの小ロボットがそれを把持し、ふわふわとどこかに運んでいった。僕もそれに倣《なら》って同じようにする。いったいどこに持っていくのか不思議に思うが、稲葉がそうしているのだからともかくそれでいいのだろう。これなら街の中を歩いても警察に捕まったりはしなそうだ――いや、そもそもジェットパックって、航空法的にはどうなのだろう？

「行きましょう」

そんな疑問を口にする間もなく、稲葉は屋上から駅ビルの中にスタスタと入っていく。

「ちょっと待って、まだ心臓が……」

「しまった、忘れていたわ」

「うっぷ」

正直本当に待ってくれるとは思っていなかったので、急に立ち止まった稲葉の背中に、僕はぶつかってしまう。

「ちょっと離れて」

「え？　うん」

言われたとおりに数歩離れると。

稲葉はパチンと指を鳴らした。

すると、どこからともなく小ロボットが現れて。

稲葉の周りに、カーテンを張り巡らせる。

姿の見えない稲葉と小ロボットが、動く気配がして。

やがてカーテンが開き。

変身した稲葉が、姿を現した。

一言でいえば、可憐《かれん》だった。

鮮やかなブルーのワンピースは一見シンプルに見えたが、たくさんの折り目がついた凝ったものだった。露《あら》わになった白い肩と、細い首とのコントラストが眩《まぶ》しい。胸元には大きな石の入ったネックレスが光って、耳元には輪のようなイヤリングが揺れている。マニキュアが塗られた華奢《きやしや》な指先には、なにも入っていないのではないかと思うくらい小さなバッグが提げられていて、踵《かかと》の高いサンダルから覗《のぞ》く指先には、手と同じ色に塗られていた。メイク、なのだろうか。顔立ちすら別人に見える。

「お待たせ」

飛行によって痛めつけられた僕の心臓は、そんな彼女の微笑《ほほえ》みによって、再起不能になってしまった。

「稲葉、だよね？」

「別人に入れ替わった可能性もゼロではないわね？」

「ごめん……いや、その、似合ってるよ」

稲葉は、ごほん、といつもの咳払《せきばら》いをしてから。

「では行きましょうか」

颯爽《さっそう》と歩き出した。

稲葉と駅ビルにいるという状況はなんだか奇妙で、僕は不思議な気持ちになる。

景色のすべてが日常なのに、稲葉の存在だけが奇妙な非日常性を漂わせていた。逆側のエスカレーターに乗った人たちが、何人か振り向く。僕だって、初対面だったらファッションモデルと言われても信じただろう。人目を引くことは間違いなかった。

そして同時に、意識せざるを得なくなってしまう。

稲葉だって、僕と同じ年齢の、女の子なのだ。

しかし、ということは、だ。

これは、デートというやつなのではないだろうか？

いや、そんなことがあっていいのか？

言われるがままについてきてしまったが。

僕はまだ、自分の感情にすら整理がついていない。

やがて稲葉はファッションのフロアで、エスカレーターを降りる。

色とりどりのマネキンが並び、さまざまなコーディネートに身を包んだ店員が、客に声をかけている。今度は僕の側が場違いになる番だった。

服が欲しかったのだろうか。まあそれならお洒落《しやれ》をするのもわからなくはない。日頃は服にこだわっているようには見えなかったが、今日の様子を見るといざというときにはしっかりしたものを着るのだろう。彼女くらいの天才なら、ちょっとしたパーティには事欠かないに違いない。留守がちなのもそういうことなのか？　いや、どうだろう。

「ここで待っていて」

やがて稲葉は立ち止まると、僕にそう指示をして、棚が並ぶ店内に身体《からだ》を滑り込ませていく。

僕はその店の看板を見上げる。

「靴下、だよな……？」

それはどう見ても、靴下専門店だった。

稲葉だって靴下は履くだろう。それ自体はなにもおかしいことではない。

しかし、稲葉が。

わざわざ靴下を、買いに来るだろうか？

しかも、僕はなぜ必要なのだろう？

５軸加工機のテーブルのようにぐるぐると首を傾《かし》げながら考えていると、ほどなくして買い物を終えた稲葉が店を出てくる。

「はい、これ」

そして、僕にそれを手渡した。

「え、なに」

考えるより先に、僕の手は差し出されたものを受け取っていた。

クラフト紙に包まれたそれは、左上に金色のリボンが飾られている。

ごほん、と咳払《せきばら》いをしてから、稲葉は言う。

「誕生日プレゼント」

「は？」

「初。あなた誕生日でしょう、今日」

驚きすぎて、傾いた首がそのままとれてしまうかと思った。

誕生日？

確かに、それは正しい情報だった。僕の誕生日は今日だ。家族もいなければ、庄一《しょういち》はそういうタイプでもない。誕生日を祝うという習慣を、僕はすっかり忘れ去っていた。

「あ、ありがとう。……開けていい？」

「どうぞ」

できるだけ丁寧に包装を開けて中身を取り出すと、それは本当に、なんの変哲もない靴下だった。灰色の、綿でできた、生地に厚みがある、くるぶし丈の、靴下。

「ありがとう」

「どういたしまして」

「でも、なんで靴下？」

稲葉は黙って、僕の足元を指差す。

僕はまさかと思いながら、靴を脱いで確かめる。

つま先からは、親指がのぞいていた。

総合すると、こういうことだ。

今日は僕の誕生日だ。そして僕の靴下には穴が開いていた。だから靴下をプレゼントした。

それだけでは、なにもおかしいところはない。感謝以外の感情がそこに発生する余地はない。

しかし。

じっとそれを見つめていると、ある違和感が脳裏によぎる。

「これって——」

「同じものよ」

当然、というように稲葉はそう言う。

そう。

それは、今僕が履いているのと、同じ靴下だったのだ。

「稲葉、なんで——」

靴下に穴が開いたことに稲葉が気づくのにも——というよりはそんなことを稲葉が気にするのにも驚きだが、今持っているのと同じ靴下を把握しているというのは、ちょっと説明がつかない。

なんの変哲もない、僕でさえどこで買ったか忘れていた靴下。そもそもわざわざ店で靴下を買ったりした記憶がない。どこかＥＣで購入した気がする。それと同じものを売っている店を、いったいどうやって見つけたんだ？

「食事をしましょう」

答える気はない、というように、稲葉は再びエスカレーターに乗る。僕は靴下のラッピングをバックパックに入れると、走って彼女を追いかけた。

そして再び、淀《よど》みなくある店の前で立ち止まり、店員の案内を受けて、中に入る。

「座って」

稲葉に促されるままに、僕は席に座る。

彼女が選んだここは。

ハンバーグの店、だった。

「ハンバーグ、なんだね」

素直な驚きを、しかし文句にならないように、僕はトーンを調整しながら表明する。

「好きでしょう、ハンバーグ」

「それはそう……だけれども」

「もっと高級な店にしたほうがよかったかしら」

「いや、そういう意味ではないんだ」

「好きなものを頼んで」

「え」

「誕生日だから。私が払う」

「あ、ありがとう」

僕はメニューに目を落とすが、目がすべってうまく認識できない。稲葉はすぐに店員を呼び、メニューをちょっと開いただけで、いちばん面積が大きいものを指差した。僕も同じものにした。自分で意思決定ができる状態ではない。あまりにも戸惑いが大きすぎる。

僕はしばらくきょろきょろと周囲を見回していた。稲葉はなにも言わず、じっとそこに座っている。やはり、そこに設置されているというように。店員が持ってきた水は早々に飲み干してしまって、手持ち無沙汰にグラスの水滴を撫《な》でていると、先に口を開いたのは稲葉だった。

「嬉《うれ》しい？」

「う、うん」

「靴下は？」

「嬉《うれ》しいよ……履くね」

「それはよかった」

「でもどうして――」

「おまたせいたしました」

僕が稲葉に問いただそうとしたところで、僕たちのハンバーグが運ばれてくる。僕は出鼻をくじかれた思いを抱きながらも、いただきます、と言って食べはじめようとする、が。

向かいの稲葉は、まるで奇妙なものでも見るように、しげしげとハンバーグを見つめていた。

「本当に出てくるのね、料理が」

「稲葉。一応聞くけど、今までレストランで食事をしたことは――」

「ないわ、はじめて」

「なにをどうしたら、レストランを避けてここまで来られるんだ……」

稲葉は少し沈黙してから、ごほん、と咳払《せきばら》いをした。

「どうでもいいでしょう、私がどこから来たかなんて」

「知りたいよ、君のことは」

稲葉はフォークを空中で止めたまま、少し考えて。

「生まれた。天才だった。でも私は人間だった。脆弱《ぜいじゃく》な人間。だからロボットを研究した。これで十分かしら?」

まるで十分ではなかった。

しかしそれは、拒否の意思表示という意味では十二分だった。

僕は迷った挙げ句、問い詰めるのではなく、目の前のハンバーグに戻ることを選んだ。

稲葉も静かにハンバーグを口に運んでいく。まるで、ハンターが撃ち殺した獲物を捌《さば》いていくような動きで。

「その、さ。今日はどうしたの？」

僕が再びそう切り出すことができたのは、ハンバーグをあらかた食べ終えてからだった。

あまりの気まずさに、早々に食べ終えてしまった。不気味さ、と言ってもいいかもしれない。

稲葉がなにを考えているのか、さっぱりわからなかった。

「初の誕生日を祝おうと思ったの」

稲葉はまだ半分ほど残ったハンバーグを食べ進めながら、無機質なトーンでそう言う。

「それは嬉《うれ》しいけど……」

「よかった」

なにかがおかしかった。

僕の中で、いくつかの違和感が、ひとつの形を作っていく。

僕は稲葉に、誕生日を教えたことはないはずなのである。

どこかで身分証でも見る機会があったのだろうか？　そうは思えない。それ以外にも、おかしいと思ったことは何度かあったのだ。

稲葉は僕のことを、知りすぎてはいないだろうか？

「いや、なんていうか、ちょっとびっくりしたんだ。稲葉って、あまりこういうことしそうなタイプに思わなくて」

「私は冷血で人間味がないから？」

「そうは言って——」

急に出てきた暴言に、僕は慌てて否定の言葉を合わせようとする。そんな意味で言ったんじゃないと。しかし、ふと別の思考が間に挟まる。

「誰かに、そう言われたことがあるの？」

「どうかしら」

稲葉はハンバーグから目を逸《そ》らさないまま、そう答えた。

僕はジェットパックで空を飛んだときの感覚を、思い出していた。高い空。硬い空気。それが彼女の生きてきた世界だというなら——どれほど過酷なのだろう。

「そうは、思ってないよ」

だから改めて、強く否定した。

「そう」

稲葉はそっけなく流す。僕の意図がどれくらい伝わっているかはわからなかったので、僕は続ける。

「ハンバーグ、おいしかったよ。ソナタ以外が作ったハンバーグ、久しぶりに食べたね」

「そうね」

「稲葉の誕生日って、いつなの？」

「さあ？」

「ところでさ。僕の誕生日って、どうやって——」

僕の質問は、しかし、稲葉に切断される。

それは日本刀より、加工機のレーザーより、ずっと鋭い、一撃だった。

「好きなの」

「え？」

鋭すぎる刃物で斬られると、斬られたことにしばらく気づかないという。

まさにそんな印象だった。

言い終えた稲葉は、ナプキンで口を拭いている。

気がつくとハンバーグはなくなっていて、フォークとナイフが揃《そろ》えて置かれていた。

ごちそうさま、と言ったのかと思うほど、それはあまりに日常的な言い方だった。

しかし僕はそうはいかない。

言うほうはそれでも、言われたほうは。

「い、稲葉？」

「初、私はあなたのことが好きなの。ずっと前から」

それは、明らかに、食事を終えた挨拶では、なかった。

僕の身体《からだ》はバネのように立ち上がって、ガタンと椅子が倒れる。

客の目が集まり、通りかかった店員が心配そうに、大丈夫ですか、と話しかけてくる。

僕は気まずい思いをしながら全速力で椅子を戻し、しかしもう一度座ることなく、稲葉に提案する。

「場所を、変えよう」

「わかったわ」

思考はとめどなく溢《あふ》れ、しかしなにか意味のあるかたちを結ぶことなく、ノイズとなって積み重なっていく。あまりにも重なったそれは、ホワイトノイズになって僕の脳を埋め尽くした。

あらゆる考えがある。ゆえに、なにも考えられない。

真っ白な砂原に立ち尽くす僕の手に、冷たいものが触れる。

それは、稲葉の手、だった。

あまりにも自然な動作に、僕はそれを振りほどくことができない。

彼女に手を引かれるがまま、僕はその広大な未知の世界へと、歩みを進めていった。

■

そして辿《たど》り着《つ》いたのは、さっきの屋上だった。

ここは確かに大都会だが、平日昼間の屋上広場などにわざわざ足を運ぶ人は決して多くない。

広大なフロアに、僕たちの他には何人かの客がいるだけだった。着陸を目撃した人はすでにいないのだろう、誰も僕たちに興味を持っている様子はなかった。

稲葉は僕の手を握ったまま、街を見つめている。

ビル。自動車。歩く人々。そのすべてを、僕たちは日頃見ることがない高さから見下ろしていた。

けれどもう、それは僕にとっては、日常でしかなかった。

それよりもっともっと高いところに、一度は連れていかれてしまったから。

「あのさ、稲葉。さっきの……聞き間違いじゃないよね」

「それが聞き間違いかどうかは、初の認識を聞かないと判断できない」

論理的だった。そして僕は、非論理的だ。

稲葉の目は、太陽の光を反射して金色に輝いている。

手から伝わってくる感触はリラックスしていて、気負っても力が入ってもいない。緊張して汗をかいているのは僕だけで、それは多分、稲葉に伝わってしまっているだろう。

息を吸って、4つ数えて、それから吐く。それを何度か繰り返して、僕はようやく、言葉を形にする勇気を得る。

「稲葉。君は、僕のことが、好き、なんだよね。しかも、ずっと前から」

「そうよ、初」

あっさりと、彼女はそう認める。

聞こうと思ったことを口から出そうとして、いろいろなかたちを作る。しかしそこからなにも出てくることはなかった。思考の渋滞だ。

「聞きたいことが多すぎる」

かろうじてそれだけ絞り出すと、稲葉は、ごほん、と咳《せき》をした。

「私は前から、初のことを知っていたの」

彼女は静かに、そう話しはじめた。

「私の研究がなんだったかは、覚えているわね」

「うん、稲葉自身の知性を、再現する……だよね?」

急な話題の転換に戸惑いながら、しかしいったん僕は質問に答える。

「現在の課題は?」

「ええと、ロボットは稲葉を目指す、でも稲葉にはなれない、だから存在矛盾を起こして自壊する……合ってる?」

「おおむね」

稲葉は頷《うなず》くと、僕から街の風景に目を移した。

「本質的な問題は、私が天才であることなのよ」

「意味が……わからないけど……」

「私は完璧でなかったことがないの」

他の誰かが言ったのなら、なんと傲慢なのだろうと一笑に付すだろう。

しかし水溜《みずたまり》稲葉がそう言うのなら。

それは、もはや動かしようのない事実だった。

「私を再現する以上、それは私が持たない解決を取ることができない。私は完璧でない自分、天才ではない自分を経験したことがない。完璧でない自分を完璧に近づける——私でないものを私にするという問題解決を、私はしたことがないのよ。だから私を再現したロボットは、自らが完璧でないことを解決できず自壊する」

まったく理解できない世界だと思っていた。

しかし今こうして聞くと、理解できてしまう部分もある。

「天才の唯一の欠点は、天才であること、か……」

「そう。だから探した。この問題を解決できる人間を」

「そんなの、どうやって？　稲葉以上に頭がいい人なんて——」

「逆よ、完璧でない人間を探したの」

逸《そ》らしていた目が、僕に戻る。

星の光が、僕を灼《や》く。

「ねぇ、初。この世界で、もっとも人間の活動データが集められている場所はどこだと思う？」

「……オンラインに接続されたサーバー、かな」

「正解よ。私がその人間に求めていた条件はふたつ。完璧でないこと、そして、それを克服しようとし続けていること」

その言葉は、まるで極寒の冷気のように僕の全身を包み込み、肌を粟立《あわだ》たせる。

彼女がなにを言わんとしているのか、わかってしまいそうだった。いや、本当は僕はもう気づいている。でも、脳は理解を拒否し続けていた。

「けれど通常公開されている領域だけでは、それを判定できるだけのデータの質が担保できなかった。だから私はあらゆるクラウドサービスに対してハッキングを仕掛け、すべてのデータを解析したの。仕事、研究、そしてプライベート。人間は重要な活動情報ほど、非公開領域に保存するから」

とんでもない、告白だった。

「は、犯罪だよそれは！　プライバシー侵害、いや不正アクセス――」

「犯罪は誰かが観測してはじめて存在するのよ。私はそんなミスをしない」

「そういう問題じゃ――」

「ええ、そういう問題ではない。それは主題ではないわ」

「ひょっとして、靴下！」

「それはあなたのＥＣ利用履歴と、店舗の在庫を突き合わせたの」

稲葉は静かにそう述べる。

彼女は天才だ。僕とは違う。目的のために手段を選ばない。それは知っていた。実感していた。けれど。

それを、ここまで徹底できるものなのか？

「……私の母語は日本語だから、日本語のデータを中心に集めることが望ましかった。英語もできるけれど、構造的に日本語のほうが私の思考パターンには合っているから。学習元は、知的に質の高い活動でなくてはならない。つまり――」

「日本語の活動を、しかも目星をつけた人間のデータを中心に収集していたってこと……？」

「ええ。そこで、あなたに出会った」

彼女はまっすぐに、僕の目を見た。

そこには、僕が映っている。

僕しか、映っていない。

「最初は偶然だったわ。学業の成績なんかはフィルターとしてわかりやすいでしょう？　成績が優秀な、私と同年代の生徒の活動データを集めようと思った。そこでひとりの学生を見つけたの。さまざまな領域を横断して、ずっと好成績を収めている。しかし常に2位で、絶対に1位にならない。興味深いと思わない？」

「それって……」

「そういうデータ自体はよくあるのよ。けれど他のサンプルは、すぐに1位を目指すこと自体をやめてしまい、不安定にブレるか、もう少し低い水準で安定する。たったひとりだけ、あきらめることなく、ずっと2位を取り続けたサンプルがあった――」

僕は息を呑《の》んだ。

彼女の言葉がなにを意味しているのか、もはや逃げようもないほど、明らかだった。

「――そう、それがあなただったのよ、初」

稲葉は僕に向き合うと、もう片方の手を、そっと握った。

「私はね、生まれたときから天才だったの。やろうと思ったことでできないことはなかった。でも気づいたのよ。確かにできることの幅は人より広かったかもしれない。けれど、それでも私は神のように万能ではない。そのことに甘んじてしまっていた。死を回避することも、永遠の命を得ることも、私はできないと決めつけていた。できないことを避けて、できることだけで満足していたの」

彼女の手に、少しだけ力が籠もる。

それは今日、はじめて感じる、彼女の感情だった。

「でも、あなたは、そうじゃなかった。何度くじかれても、永遠に完璧を目指し続ける。なれない1位を目指し続ける。その一点において、あなたは私を上回った。私にないものを持っていた」

まるで光みたいにまっすぐに、彼女は僕を見つめる。

霧みたいな僕の心は、水滴でその光を散らした。

「……そんな大げさなものじゃないよ。僕はただ……馬鹿なんだ」

そう。

そんなものではぜんぜんない。

ただ僕は、もがき苦しみ、自分を憎み、ただ前に進むことしかできなかっただけだ。

退かなかったのではない。退けなかったのだ。

「気がつくとずっとあなたのことを考えていた。はじめての経験だった。そんなことが自分に起こるなんて思っていなかったわ。その現象がなんなのか、私は調査した。そして結論に至った」

その先に続く言葉がなんなのか、僕はもう、わかっていた。

「初。私は、あなたに恋をしているって」

恋。

それはこの世界で、もっとも水溜稲葉から遠い言葉だった。

金属よりも冷徹な知性を持つ、万能の天才。

その彼女が、恋をしていた。

しかも。

「それからは、あなたの知っている話よ。初と出会うために〈次世代高校生プログラム〉に応募した。私の能力なら通過することはわかっていたわ」

この、僕に。

「でも、あのとき話しかけたのは、僕からだったじゃないか！」

「そう。だから驚いた。こんなことがあるんだって」

湖のように静かに、けれど子どものように無邪気に、彼女は笑った。

稲葉は多分、無感情なのではない。

それを表すべき環境に、今までいなかったのだ。

彼女の過去はわからない。けれど、想像はつかなくもない。

稲葉はきっと、ずっとひとりで生きてきた。

高い高い、空の上。そこには誰もいない。

酸素は薄く、空気は硬い。

同じ目線を共有してくれる存在は、世界に存在しない。

生まれたときからずっとそんな状況で。

笑ったり泣いたりする人間が、育つわけがない。

感情というコミュニケーションを、彼女は必要とせずに生きてきたのだ。

そんな稲葉が僕に恋をしているなんて、そんなこと、信じられるはずがなかった。

けれど、辻褄《つじつま》は合ってしまうのだ。

あのときも。

このときも。

そして今日も。

稲葉は、僕を喜ばせようとしてきたのだ。

高い空の上から、なにも知らない地上に降りてきて。

わからないなりに、人類の営みを真似《まね》ていた。

好きな人を、喜ばせたいから。

そのことに、僕は気づかなかった。

僕はなんて鈍感で、愚昧なのだろうか。

「初は私のことをどう思っているの？　好き？」

「それは……」

「それとも嫌い？　人間の皮をかぶったロボットみたいだから？」

「そんなこと！」

それもまた、どこかで誰かに言われたことなのだろうか。

知らない人間が放った銃弾は、稲葉に反射して、僕の胸を貫く。

そう言われたとき、どんな痛みを、彼女は経験したのだろう。

「嫌いなわけが、ないじゃないか」

「なら、キスして」

気がつくと、稲葉の顔が、すぐそこにあった。

その両手は、僕の手を、強く強く握っていて。

「愛し合う人たちは、そうするんでしょう？」

どうしようもなく大きな力が、僕の背中を押していた。

「キスして、初。私には、あなたが必要なの」

僕は目を閉じる。

なにも見えない、圧倒的な暗闇に、僕は支配されていた。

でも。

これまでの稲葉の話に、かすかな違和感を抱く。

その正体はまだわからない。

けれど。

その小さな小さな違和感は、靴の中に入り込んだ小石のように、僕の歩みを止める。

「……急すぎるよ」

稲葉に惹《ひ》かれる気持ちはある。ないわけがない。

人生で出会った人の中で、もっとも大きな才能を持った存在。

彼女に憧れる気持ちが、今となっては僕の原動力のひとつだった。

稲葉の見ている景色を、知りたいと思う。

できれば、並んでみたいとさえ。

けれど、その感情にどんな名前をつければいいのか、今の僕にはわからなかった。

稲葉と〈次世代高校生プログラム〉で1位を取るイメージは、リアルに浮かんでくる。

実現するかどうかは僕の努力次第だが、少なくとも不可能ではないと信じられる手応えが、そこにはあった。

でも、恋は？

今、稲葉とキスをして。

その先は？

デートして。

笑いあって。

手を繋《つな》いで。

共に眠って。

愛し合って。

将来を誓い。

年を重ねる。

そういう想像が、まるで湧いてこなかった。

それに。

もし、仮に、稲葉と僕が恋人になったとして。

コンペに影響がないわけがない。

「どうして今なんだ」

「ソナタに先を越されたくなかったから」

「どうしてそこでソナタが出てくるんだ！」

「気づいていないの？　ソナタはあなたに好意を持っている」

「そんなはずないよ」

「婉曲《えんきょく》すぎたかしら。ソナタはあなたに対して――」

「違う！」

「根拠は？」

「根拠はある！　たとえば――」

しかしその先は、なにも出てこなかった。

そんなはずはない、という自分自身の声が、頭の中で反響する。

ソナタからすれば、僕は単に、チームのメンバーだ。

そのはずだ。

特別な感情なんて、なにも――

「――わからない」

漏らした言葉には、自分でもわかるくらい力がなかった。

稲葉はぐっと手に力を入れて、僕に近づく。

胸と胸が、くっつくほどに。

自分の鼓動が稲葉に聞こえてしまうのではないかと、僕は恐怖した。

身体《からだ》を引こうとするが、稲葉は強い力で再び引き寄せる。

「あなたの願いを聞かせて、初。私が叶《かな》えてあげる」

手のひらに、鼓動を感じた。

まるで世界の中心に触れたように、柔らかに波打つ感触。

気づくと彼女は僕の手を、自分の胸に押し付けていた。

それは事象の地平面だった。

一度越えれば、あらゆる光が吸い込まれ、二度と戻れないポイント。

「どんなことでもいい、言ってくれたら私は応えられる。私なら、ソナタにはできないこともしてあげられる。遠慮しないで。初が嬉《うれ》しいことを、たくさんしましょう」

身体《からだ》を稲葉の指が這《は》うたび、僕の肉体は、僕の心を裏切っていく。脳に直接手を入れられているみたいだった。頭の中をまさぐる指先はひとつひとつロックを外して、絶対に解き放ってはいけないものを解放しようとする。
「そうね……神様に願うようなものだと思って」
耳元で、そう甘く囁《ささや》く。
神様、と彼女は言った。
それが不遜だと、僕は思わない。
だけど。
「……神様にも、できないことはあるよ」
1位になること。
それが僕の、願いだった。
でも、僕は気づいてもいた。
もし、それを達成したとしても。
褒めてくれる母さんは、もういない。
――そのとき、僕の中でなにかが光った気がした。
最初は、小さな火花だった。
一瞬で消えてしまう、思いつきの類。
けれど燃え移る先は、意外にも多く。
それまでとは異なる炎が、胸の奥で燃え上がるのを感じた。

僕は、気づいてしまったのだ。

彼女の話が指し示す、皮肉な事実に。

「……稲葉」

「なに？」

「気付いたことがあるんだ」

「教えて」

「君は僕に会うために〈次世代高校生プログラム〉に参加した」

「そうよ」

「僕がずっと1位になりたかったことを、君は知っていた」

「ええ。だから好きになった」

「まだ受け止めきれないけど、信じるよ」

「本当だもの」

「君は天才だ。そうだろ」

「そうね」

「どんな場所でも、君は1位になる」

「条件つきだけど、イエスよ」

「なら、こういうことになるだろ――」

僕は稲葉の肩を摑《つか》んで、彼女の身体《からだ》を離した。

「――君は、わかっていて僕から1位を奪ったんだ」

離れた稲葉の目が、僕を見つめる。

その目には、およそ感情というものが、まるでなかった。

外は、暗くなりはじめていて。

あらゆるものを焼き尽くしそうな夕暮れの中で、夜景が灯《とも》りはじめていた。

すべての光を吸収するような目が、僕を見つめている。

「それは、あなたが私のことを好きじゃない理由の説明？」

そこに浮かんでいる色が、落胆なのか、悲嘆なのか、僕にはわからなかった。

「稲葉のことは、嫌いじゃない。でも……考える時間が欲しい。コンペもこれからだし……」

彼女に惹《ひ》かれる自分を、必死で引き離す。

漏れ出しそうになるすべての欲望を閉じ込めて。

星よりも強い引力を振り切る、ロケットのように。

「……そう、わかったわ」

彼女の目は、僕のすべてを見透かすようで。

しかし退くと決めたらあっさりと、稲葉は僕の手を離す。

「まだ足りないのね」

「え？」

「帰りましょう」

何事もなかったかのように――というのは、こういうときに使う表現なのだろう。稲葉がパチンと指を鳴らすと、魔法が解けるように、彼女は元の服装に戻った。

それからどこからともなく現れた小ロボットたちが運ぶジェットパックを装着し、再び家まで飛んでいった。最初は死ぬかと思ったが、2回目ともなると、ずいぶん余裕もある。

僕は先を飛ぶ稲葉の噴射炎を目で追いながら、考える。

神様に願うようなもの、と彼女は言った。

でも、もしかしたらそれは悪魔かもしれないと、ほんの少しだけ、そう思った。

第七章 SUMMONING

それからしばらくが経《た》って。

「これだけあればいいでしょう」

稲葉《いなば》がそう言ったとき、ハンバーグばかりの日々は、ようやく終わりを告げた。

ロボットが料理をこなすには十分な映像データが、ようやく集まったのだ。

「な、長かった……」

「さすがにハンバーグ以外のものが食べたいですね……」

僕とソナタは、ふたりで感慨の吐息をついた。

稲葉との関係は、表面上は完全にロールバックしていた。

あれ以上、稲葉がなにかを言ってくることはなかった。しかし面と向かって、好きだ、と言われたのだ。意識するなというほうが無理な話だった。僕はことあるごとに稲葉を目で追うようになってしまった。

「いよいよですね、初《はじめ》さん！」

「う、うん……」

ソナタはそう言って、しがみつくように僕に触れる。

僕はびくりと身体《からだ》が震えそうになるのを、なんとか抑え込んだ。

稲葉を意識せずにいられないのと同じくらい、ソナタのことも意識せずにはいられなかった。

あの日のことを、僕はソナタに話せていなかった。

当たり前だろう。稲葉に告白されたなんて、言えるわけがない。

しかも、今このタイミングだ。

コンペティションの当日は、刻一刻と近づいている。

僕たちはこのロボットを、確実に仕上げなくてはならないのだ。

チームの人間関係を、わざわざかき乱すリスクはとても負えなかった。

僕はすべてを冷凍保存して、先送りにすることを選んだ。

判断は間違っていない、と思っている。

その成果が、こうして目に見えるかたちとして現れようとしているのだから。

「お疲れ様。すでにロボットは出来上がっているわ。試運転しましょう」

稲葉がパチンと指を鳴らす。

すると家の奥から小ロボットに運ばれて、それは姿を現した。

その外装は、まったく新しいものに換装してあった。全体が白で、なめらかな曲線で覆われている。足元は大きく広がったカウル、いや、スカートで覆われている。顔には縦にふたつ、LEDのインジケータが並んでいた。いかにもお手伝いロボット、という見た目だ。

「どうですか⁉」

得意げに胸を張るソナタに、僕は拍手を送る。

「すごいよ、これなら説得力ある」

ソナタは、へへ、と笑うと、ロボットの表面を撫《な》でた。

「稲葉ちゃんに無理言って、表面はグロス加工してもらったんです！　つやつやですよ！」

確かにその白い表面には、周囲の光がくっきりと反射して流れていた。清潔な印象だ。

「では、はじめましょうか」

稲葉がパチンと指を鳴らすと、モーターが小さく唸《うな》った。各関節は滑らかに動き、キッチンに向かう。

「動いてる……」

「すごい、感動しますね」

その時点で、ソナタは泣きそうな顔をしていた。

しかし、感極まるのはまだ早い。

これがうまくいかなければ、もう一度やり直しになる。

そして、それをやるには、残された時間は少ない。

「じゃ、ハンバーグを作って」

僕は祈りながら、口頭でそう指示をする。

ロボットは顔に並んだふたつのインジケータを交互に光らせると、キッチンに向かった。

そこからは、鮮やかなものだった。

冷蔵庫から適切な食材を取り出し、包丁を使って切っていく。ふたつのコンロのうち、片方で野菜をバターで炒《いた》めて付け合わせとし、もう片方でハンバーグを焼く。ハンバーグの側のフライパンで玉ねぎを加熱するあいだ、ひき肉や卵をボウルで混ぜて、ハンバーグのたねを作る。そして玉ねぎと合わせ、成形していく。

もっとも難しいはずのそれを成形する動作も、人の手と同じ構造をしたマニピュレータが器用にやってのけていた。僕はその手つきを見て、ソナタの手だ、と思う。彼女がハンバーグを丸める様子のデータをたくさん用意できたからこそ、こんなにもスムーズに実現できたのだ。

同時に、わずかな違和感も抱く。

なにか、ソナタ以外に、見覚えがある要素が――

空いたフライパンをもう一度あたため、いよいよハンバーグが焼かれる。食欲をそそる肉の香ばしい匂いが、あたりに立ち込める。

ぐう、と小さな音が隣で鳴って、僕は笑った。

「す、すみません」

「お腹空《なか》くね、これは」

もう一生分食べた、と思っていたハンバーグでも、目の前で焼かれるとやはり食欲がそそられるものである。ソナタにとっては、自分で焼かないなら尚更《なおさら》だろう。

そして、ハンバーグと付け合わせの野菜は、測ったようにぴったりと同じタイミングで出来上がる。測ったように、というか、実際にサーモグラフィで温度を測定しつつ火力を微調整しているのだった。すべてがソナタのデータに基づいているわけではなく、こうしたセンシングも適宜組み合わせている——というのは稲葉からの受け売りだったが、しかしその原理についてきちんと説明できる程度の理解度には到達していた。そのために必要だったとんでもない密度の勉強については、もはや思い出したくないほどだが。

工程が最終段階になったのを察して、僕たちはダイニングテーブルに座る。僕とソナタが同じ側に座り、稲葉がその対面に腰をかけた。

ほどなく、僕たちの目の前に、ハンバーグが運ばれてくる。

ハンバーグは湯気を立て、おいしそうな匂いを漂わせていた。

「ようやく、できましたね」

「そうだね」

僕たちは、そのハンバーグをじっと見つめた。

それは単なる料理ではなく、僕たちがやってきたことの結晶だった。

そしてその出来栄《できば》えに、僕たちが目標を達成できるかどうかはかかっている。

僕がごくりと唾を飲んだのは、単に食欲によるものだけではなかった。

「……食べようか」

いただきますと言ってから、最初に食べはじめたのはソナタだった。

ゆっくりとナイフでハンバーグの端を切り、フォークで口に持っていく。

味わって咀嚼《そしゃく》する彼女の横顔を、僕は固唾を呑《の》んで見守った。

「どう？」

ソナタは答えるかわりにもぐもぐとハンバーグを噛《か》み、やがてごくんと飲み下した。

その表情から、成否は明らかだった。

「……おいしい！　おいしいですよこれ！」

「本当⁉」

「なんならわたしが作ったよりおいしい！　ずるいです！　どうして⁉」

対面の稲葉も、満足そうにハンバーグを口に運ぶ。

「なるほど、こういう味なのね？」

「よかった……」

僕は心の底から安堵《あんど》しながら、ハンバーグを食べた。

その瞬間。

言い知れない感情に、僕は襲われる。

そのハンバーグは、確かに美味だった。

けれど。

ソナタが作ったものとは、まったく違う味だったのだ。

これは、よく知っている味だ。

知りすぎているくらいに。

「初さん、ど、どうしたんですか？」

ソナタにそう言われて、はじめて気づく。

自分が涙を流していることに。

「これ、食べたことがある──」

「それはもう、わたしのハンバーグは一生分食べましたからね……？」

「違う。違うんだ」

信じられなかった。

そんなことが起こるわけがなかった。

すでに、失われてしまったもの。

それが戻ってくることなんて、あるわけがない。

あってはならない。

　これは――

「母さんの、ハンバーグだ……」

　そう。

　それは。

　僕の母さんの、味だった。

「驚いた？」

　対面で、稲葉がにっこりと笑った。

「なんだ、これ、どうして――」

「あなたのお父さんが残したデータがあったでしょう。その中には料理の風景も含まれていた。それを分析して再現したのよ」

「えっと、そんなことが、できるんですね……？」

　隣でソナタがそう声をあげる。純粋な感嘆ではない。半分は戸惑いが混ざった声だ。ソナタは僕と稲葉を見比べている。それはあまりにも稲葉のしたことが常識外れで、当事者以外に是非の判断ができないことを意味していた。

「稲葉、そのデータは――」

「前に話したでしょう、私はすべてのクラウドデータにアクセス可能なの」

「母さんが死んだってことは、どうして……」

「不思議なことを聞くわね」

稲葉はそう言って、首を傾《かし》げた。

「あなた、話していたでしょう」

「話して……？」

記憶を遡るまでもない。母さんが死んだなんて話、稲葉にはしていない。

稲葉が家に来てから、その話題を出したのは一度だけ。

ソナタとふたりで、映画を見ながら話したときだけだ。

「聞いてたのか！　勝手に！」

「勝手に、というのは奇妙な表現ね。私はちゃんとモニターしていると言ったはずだけれど」

ひっ、と息を吸う音が聞こえてそちらを見ると、ソナタが両手で口を押さえていた。

「そんな……」

「あなたも驚くの？　もしその話を聞いていなかったとしても、今まで撮影されていた映像が突然撮影されなくなったことから推測して、電子カルテや死亡診断書を確認して確定させることはそれほど難しくないわ」

「な、なんてこと言うんですか！」

そう叫んだのは、ソナタだった。目には涙がにじんでいる。

確かに稲葉はそう言っていた。モニターしていると。

その言葉を深く考えなかったのは、僕たちの落ち度かもしれない。

稲葉は自分のライフログをすべて記録している。

同様に、小ロボットが見聞きしたものもすべて、彼女にとっては利用可能なデータベースなのだろう。

別に、やましい内緒話をしていたわけではない。

そう思えば、石を飲み込むような苦しさを伴いつつも、納得できないこともなかった。

しかし。

「サプライズはもうひとつあるわ、初」

稲葉がそう言って、指を鳴らすと。

キッチンに戻っていたロボットが、ゆっくりとこちらに近づいてきた。

そして、そのスピーカーは、声を発する。

〈初〉

僕の名前を呼ぶ、その声は。

ロボットの見た目とは裏腹に、どこまでも柔らかく。

「か――」

僕の記憶から、容赦なく感情を引きずり出してくる。

「――母さん！」

〈ごめんなさい、待たせて。帰ったわよ〉
ロボットは母さんの声でそう言って、僕に近づいてくる。
僕は反射的に身体《からだ》を引いて。
結果として椅子から転げ落ちる。
「初さん⁉」
〈大丈夫？　初〉
悲鳴をあげるソナタ。僕に手を差し伸べるロボット。
僕はその手を振り払うと、耳を塞いだ。
「やめろ――」
〈どうしたの？　せっかく帰ってきたのに〉
「稲葉！　どうしてこんなことを！」
僕はすでに、なにが起きたか理解していた。理解させられていた。
稲葉はすべてのクラウドデータにアクセス可能である。
母さんの動画からハンバーグの味を再現した。
そして、今、目の前のロボットは、母さんの声で話している。
声だけではない。口調も。仕草も。言葉遣いも。
すべてが、母さんそのものだった。

ただ、ロボットであるその外見以外は。

「驚いたでしょう？　再現したのよ、あなたの母親を」

稲葉はそう言うと、満足気に頷《うなず》いた。

椅子を降りて、スキップしそうな勢いで、僕に近づく。

「厳密には、再現というのは少し違うかもしれないわね。今回については多量のデータが残されていた。それに基づいて、自ら思考し、知的活動が可能なレベルにまで作り込むことができた。知的レベルでは、この機体はあなたの母親と比べても遜色がない活動ができるはずよ。そしてバックアップを取り続ければ、永遠に滅ぶことはない。だからこう言いましょう——」

彼女はしゃがんで、倒れた僕の顔を覗《のぞ》き込んだ。

「——蘇《よみがえ》ったのよ、あなたのお母さんは」

稲葉は微笑《ほほえ》んでいた。

絶対に相手が喜ぶであろうという、確信。

「これでお母さんに報告できるわね」

そして、彼女は立ち上がり。僕を見下ろしながら言う。

「1位を取るのが楽しみね」

〈1位を取るのが楽しみね〉

その言葉は、母さんの声で話すロボットと、ぴったり一致した。

「誰が——」

もはや、僕の身体《からだ》は魂と直結していた。

考え、それを言葉にし、行動するというプロセスは、今の僕ではもう機能していない。

「——誰がそんなことを頼んだんだよ！」

「初？」

稲葉が首を傾《かし》げる。

「嬉《うれ》しくないの？」

「嬉《うれ》しいわけないだろ！」

思考が、感情が、そのまま叫びになっていくことを、僕は止められなかった。

「僕は——僕は受け入れようとしてたんだ！　母さんが死んだことを！　帰ってこないことを！」

「死なんか受け入れる必要はないのよ。だってほら、お母さんは戻ってきたでしょう」

「違う、それは母さんなんかじゃない！」

まるで空腹なのに哺乳瓶を拒否する子どもを見るような目で、稲葉は僕を見る。

「初、どうしてしまったの？　あなたらしくない」

「僕らしいってなんだよ！」

「だって、あなたは1位を目指し続けてきたでしょう？」

「それとこれとなんの関係があるんだ！」

「手が届かないことに手を伸ばし続ける。それが初じゃない」

「僕は、そんな――」

「私もそうしたのよ。あなたに倣《なら》って。死を克服する。生命を取り戻す。人類がいまだ達成できていない偉業に、私たちは手をかけつつあるのよ」

「望んでいないよ、そんなこと！」

「どうして？　死んでいるより、生きているほうがいいに決まっているじゃない？　そんな簡単なことが、どうしてわからないの？　初、あなたが一番嬉《うれ》しいのは、これでしょう？」

「……稲葉ちゃん、本気で言ってるんですか？」

「え？」

割って入ったソナタは、震えていた。

「稲葉ちゃん。死ぬのは怖いことです。だから人はホラーを見るんです。生きてることを実感するために。それを乗り越えようとすることが、いいことなのか、悪いことなのか、わたしにはわかりません。でも――」

ソナタは、倒れて手をついた僕を、抱き寄せる。

「――初さんは、傷ついてるじゃないですか！」

その震えを引き起こしていたのは、驚きでも、悲しみでもない。

怒り、だった。

これまでどんな扱いを受けても、決して怒らなかったソナタが。

怒りで、震えていた。

「……嬉《うれ》しくない、ということ……？」

「稲葉ちゃんには、初さんが喜んでるように見えるんですか⁉」

「ねぇ、初。本当なの？　私、あなたが嬉《うれ》しいと思うことをたくさんしたいわ。そうしたら、私のことを、好きになってくれると思って。だって——死んでいるより、生きているほうが得に決まっているでしょう？」

ソナタの目が見開かれたのがわかった。

「ひょっとして、稲葉ちゃん、初さんのこと……」

僕が凍らせておいた問題は、バランスを崩して床に叩《たた》きつけられ、無《む》惨《ざん》に砕け散る。

そうだろうか。

死んでいるのは損で。

生きているのは得で。

だから人を蘇《よみがえ》らせるのは、良《い》いことなのだろうか。

「……少し、ひとりにしてくれ」

僕は立ち上がってそれだけ絞り出すと、家を出た。

止めようとするソナタの声と。
稲葉の咳《せき》の音が聞こえたけれど。
僕は玄関に置いてあったバックパックを掴《つか》むと。
転がるように靴を履いて。
突き破るようにドアを開けた。

―第八章― DRIFTING

気がつくと、僕は川沿いに座り込んでいた。

風に乗って、水の匂いがする。

海は海の匂いがする、とよく形容される。しかし川が川の匂いと認識されることは、あまりないような気がする。いってみれば、それは微生物が繁茂する水の匂いだ。人間にコントロールされた環境下では絶対に発生しない、豊穣《ほうじょう》と猥雑《わいざつ》。それは生の匂いであると同時に、死の匂いでもあるように感じられた。

小さいころから、悲しい気分になると来る場所だった。そして僕にとって悲しいこととは、だいたいは2位になってしまったときだ。庄一《しょういち》が隣にいてくれたこともある。そういえば、そのことで茶化されたな。なんだか遠い昔のことのように感じる。

僕はバックパックを開くと、あの小さな探査ロボットを取り出した。ソナタのぬいぐるみを捜すときに使ったものだ。玄関に置いたままにしていた鞄《かばん》を摑《つか》んできたから、中に入れっぱなしになっていたのだった。

僕は手の中のその小さなロボットを、ゆっくりと眺める。

あらゆる思考がまとまらなかった。まるで頭の中をハンドミキサーでかき回されたみたいだ。ぐちゃぐちゃになった想《おも》いは泡立ち、そして消えていく。なにを糸口にすればいいかもわからなかった。

とにかく、僕は逃げ出してきたのだ。

星のように光る稲葉《いなば》の目は、瞼《まぶた》の裏から離れず。

月のように優しい母さんの声は、耳の奥から消えてくれなかった。

僕はただ、そこに存在していた。

それしかできなかった。

油断すると身体《からだ》がバラバラになってしまいそうで、ぎゅっと膝を抱える。

稲葉は確かに、天才なのだろう。

でもそれが、あらゆる人間性への理解を生贄《いけにえ》に捧《ささ》げなくては到達できない領域なら。

僕に辿《たど》り着《つ》くことはできない。

「お前、どうしたんだよ」

急にそう声をかけられて、僕は弾《はじ》かれたように振り向く。

そこに立っていたのは。

今となっては、懐《なつ》かしさすら感じる顔だった。

「庄一……！」

変わらない友人は、ふっと笑う。

「おいおい、本当に河原で泣きべそかいてんじゃねぇよ」

「う、うるさいな！」

僕は必死で顔を拭って、泣いていたことをごまかそうとする。

そんな様子を見て、庄一はあからさまにやれやれという顔をした。

「ちょっと待ってろ」

どこに行くのだろうと思って行く先を目で追う。土手を駆け上がったその先には、小さな自動車のようなものが置いてあった。自動車というには小さく、バギー、と言ったほうがいいだろうか。ロールバーを組み合わせたボディに簡単な外装が取り付けられており、巨大なタイヤが６つ並んでいる。

庄一はそこに乗り込むと、ノートＰＣを開いてなにかを打ち込んでいる。

そしてそのうちに。

その自動車は、動き出した。

最初はゆっくりと、しかし徐々にスピードをあげて、こちらに近づいてくる。

「え……」

そう、その自動車は。

僕のほうに、向かっていた。

下り坂で重力に引かれ、明らかに加速している。

荷台には、ニヤニヤと笑う庄一が座っていた。

轢《ひ》かれる。

「う、うわあああ！」

そう思ったときには、僕はもう立ち上がっていた。

しかし、自動車が加速していたのは土手の中腹ほどまでで、徐々にスピードを落とし、そして僕の目の前で停止した。

「な、なんだよ！」

僕は庄一に抗議するが、庄一はその車からひらりと飛び降りて、にやりと笑った。

「どうだ、すごいだろ。うちのチームで作ってるやつだ」

そう言われて、僕はまじまじとそれを観察する。

「……これは事前のプログラミングで動く、自動運転車の一種？」

「ああ、自動運転と小型モビリティの組み合わせだ。これも広義のロボットだろ」

「僕をちゃんと認識して、坂道でも間に合うように制動したのはすごいね？　そうか、インホイールモーターだから6輪でパワーを出して、ブレーキも全基に置いてるんだ。考えたね」

「だろ？　これなら内部空間も広く取れるからな、詰めれば3人乗れるぜ」

「でもいくら分散したって前側に荷重がかかるわけだし、冷却が厳しくない？」

「デモ車両だし運用的にもスピード出す想定じゃないから、加熱は……ってお前、素人《しろうと》質問で恐縮ですが、を今やるなよ！」

「ごめん、気になって」

「そうかお前の親父《おやじ》さん、自動車関係だったよな！　くそっ、お前と組んでおけばよかった！」

「そんな軽い感じで言うのそれ⁉」

「いや、すまん。……悪かったと思ってるよ」

急にしおらしく、庄一は俯《うつむ》いた。

悪かったと思っている。その言葉を聞いて、僕は少なからず驚いていた。

どう考えても、悪かったのは僕だからだ。

しかし、そう言う前に、庄一は続きを告白した。

「……俺はさ。お前がうらやましかったんだよ」

「なんでだよ」

僕は思わず笑ってしまう。僕のどこにうらやむ要素があるというのか。

「いや、真面目な話だ」

しかし庄一は、笑っていなかった。

「考えてみろよ。俺だって自分のことそこそこ賢いと思ってたよ。でもお前のほうがいつだって成績が良かった。いつもだ」

「それは……」

「でもお前は、俺に勝って喜んだことないだろ。一度もだ。1位じゃなかった！　って怒りまくっててさ。こいつ俺は眼中にないんだ、1位しか見えてないんだって、ずっとそう思ってきたわけだ」

長く背負った重荷を降ろしたときのように、庄一は息をつく。

「……あのときお前が深森《みもり》さんと組まなかったのを見て、俺、ちょっと頭に血が上ってさ。そうやって眼中にないものを切り捨ててきやがって、俺と組みたいんじゃなくて、1位になりたいだけだろ、どうせうまくいかなかったら俺のせいにするくせに、今更なんだよ——ってな」

「そんな……そんな風に思ってたのか」

「だからまあ、一泡吹かせてやりたかったわけよ。1位ばっか見てると、俺が下から引きずり下ろすぞって。……そしたら水溜《みずたまり》稲葉だろ？　まったく、参っちまうよな」

「ごめん。あのときは……僕も周りが見えてなかった」

それは本当に、正直な気持ちだった。一言一句、誠実に。

しかし、本当に言いたかったのは、謝罪の言葉ではない。

「でもさ——」

「なんだよ」

「――庄一はいいチームを組んだよ」

はっ、と短く笑うと、庄一は片方の眉を吊《つ》り上《あ》げて、肩をすくめた。

「お前、適当言うなよ。メンバー会ったことないだろ」

「これを見ればわかる」

僕はじっと、その不格好な車を見つめた。

「プログラミングしかできない庄一に、これは無理だし」

「おい！　お前この流れでそれ言うか？」

「違うって！　機械系が得意なメンバーと、しっかり意見を擦り合わせて作らないとできないだろ。庄一がリーダーとして優秀ってことだよ。……僕と組まなくて正解だ」

「……どうかな。こっちはこっちで大変なんだって。毎日言い合い、大喧嘩《おおげんか》だよ」

そう言って、庄一は足を投げ出して座った。

僕もその隣に、改めて腰をかける。

気遣ってというよりは、本当に大変なのだろうと、声のトーンでわかった。

川はどんどん流れていって、元の水ではない。そんなことを言っている古いエッセイがあったなと思い出す。僕たちもそうだ。関係は常に流れていく。良くも悪くも。

けれども、抱えたわだかまりにこだわることも、庄一にはできたはずだ。

そうしなかったことに、僕は心の中で深く感謝する。

言葉にはしなくていい。

多分、伝わっているから。

「……で、初《はじめ》はどうしてこんなところで泣いてたんだよ」

「泣いてないから」

「そういうのはもういいって」

「いや、こっちもちょっといろいろあって……」

「そりゃいろいろあるだろ。もうちょっと具体的に言ってもらわないと、慰めるほうも困る」

「慰めてくれる気があるんだ？」

「逆にプレッシャーかけて潰しておいたほうがよかったか！　今のはミスだったな！」

そう、ふざけてみせる。

敵《かな》わないな、と思う。

僕はいつも余裕がなくて、視野が狭い。こういうユーモアは、僕には得られようもない。

「……やっぱ、天才と組むのは大変か？」

庄一はそう水を向ける。実に的確だ。

僕はなんと説明したものか考えて。

「まあね──」

その結果として、曖昧に濁してしまう。

「――いや、悪意はないんだ。僕のことが好きで、僕の役に立ちたいと言ってくれた」

それを聞いて、庄一はまるでバネみたいに飛び上がった。

「お前、今とんでもないこと言わなかったか⁉　好き⁉　水溜稲葉が、お前のことを⁉」

「うん、告白されて……」

「待てよ、深森さんもいるんだよな？」

「それは……その……」

「嫌な間だな、おい」

「確証はないんだけど……稲葉はソナタも僕のこと好きだ、って言ってた」

「どういう状況なんだよ！　お前のチーム！」

「それは僕が聞きたい……」

庄一は長い長い溜息《ためいき》をつくと、腰に手を当てて首を横に振った。

「まったく、心配して損したな。やっぱさっき轢《ひ》いとくべきだったわ」

「ちょっと！」

「お前、コンペでは絶対負かすからな。覚悟しろよ」

憎しみを滲《にじ》ませながら、庄一はそう言って僕に人差し指を向ける。

「なあ、庄一」

「なんだよ」

「庄一はさ。なんで1位になりたいの？」

「金」

「シンプルすぎる！」

「いや、実際そうだよ。うちに大学院まで行く金なんかあるわけない。妹もふたりいるしな、俺にとっては、あいつらのほうが大事だ。……だからここで1位を取れなかったら、俺は進学できない。博士課程なんか夢のまた夢だ」

そんなふうに思っていたのか。

だからお金にこだわっていたのか。

庄一が学校に行って、ときどきアルバイトもしながら、ずっと妹ふたりの面倒を見ていることは知っていた。

しかし、僕はそれを知っていただけだ。本当には、向き合っていなかった。

「だから負けられねぇんだ」

庄一のことを、眩《まぶ》しいと感じたのは、決して夕暮れの逆光のせいではなかった。

そしてその光は、ソーラーバッテリーみたいに、僕に力を与える。

「……帰るよ」

立ち上がった僕は、大きく伸びをした。投影面積が増えた身体《からだ》に、水辺の風を受ける。

僕だって、こんなところでこんなことをしている場合ではないのだ。

今ならきっと、稲葉とも話し合える。

そのはずだ。

「俺も帰るかな……」

「そういえば、庄一はなんでこんなところでひとりで試運転してたの？」

「いや、こっちもちょっと喧嘩《けんか》してて……」

「お互い大変だね。愚痴なら聞くよ？」

「お前に話すことはもうなにもない！　ここからは敵同士だからな」

「それもそうか。負けないからね」

「望むところだ」

そうして僕たちは、別れようとしたのだが。

「は、初さぁん！」

そう、僕の名前を呼ぶ大きな声が聞こえた。

今となっては聞き慣れた声。

僕が見上げると、土手の上に、黒い服を着た姿があった。

「ソナタ!?」

「連絡、見てないんですか！　稲葉ちゃんが……きゃあああ！」

こちらに走り寄ろうとしたソナタは足を滑らせ、土手を転がり落ちる。

「だ、大丈夫⁉」

「いたた……そ、それどころじゃないんです！　い、稲葉ちゃんが！」

「稲葉が、どうしたの⁉」

「たて、たて――」

「落ち着いて、ソナタ。なに？」

「稲葉ちゃんが、立て籠もっちゃったんです！」

僕と庄一は、顔を見合わせた。

立て籠もった。

その言葉だけなら、それほど重大ではないだろう。

ちゃんと話せば解決できる類のものだ。

しかし。

水溜稲葉が、立て籠もった。

その組み合わせから生じるであろう化学反応は。

僕にとっては、最悪の予感でしかなかった。

「庄一、しばらくソナタと一緒にいてくれる？」

「俺はいいけど……」

庄一は困惑気味に、ソナタに目をやる。

案の定、ソナタは素直にそれを飲んではくれなかった。

「初さん、わたしも行きます！」

「いや、ここにいて。大丈夫、庄一は信用できる」

「でも！　わたしだって……」

僕は手のひらを広げて、彼女を制す。

「ソナタ。僕たちの目標は？」

「な、なんですか、いきなり」

「1位になることだ。そうだろ？」

「そんなの今更！」

「だったらそのために必要なのは、稲葉とちゃんと話をして、もう一度チームを立て直すことだ。一応僕がリーダーなんだ、チーム内のいざこざは、僕が――」

「いい加減にしてください」

一瞬、誰に言われたのか、わからなかった。

それくらい、聞いたことがないほど、きっぱりとした言い方だった。

「初さん、わたしたち、チームなんですよ。今助け合わなくて、いつ助け合うんですか！」

「いや、けど……」

「やれやれ、お前は本当にどうでもいいところで頑固だからな」

踏ん切りがつかない僕の肩を、叩《たた》いたのは庄一だった。

「人数上限ないだろ？　俺も入れろよ」

「庄一まで！」

「深森さんと一緒にいろって頼まれたんだから、深森さんが行くなら俺も行くって。……それにおもしろそうだろ、水溜稲葉の立て籠もり」

「おもしろがってる場合じゃないって！」

「まあまあ、なんとかなるだろ。３人寄ればなんとやら、ってね」

反論を続けようとする僕の胸を、庄一はドンと叩《たた》いて黙らせる。

そして僕が、げほっ、とむせたところで。

「さっき言ってただろ。信用できるんだろ、俺は」

そうおどけて、片目をつぶる。

僕はふう、と息を吐く。

そしてふたりの顔を見比べる。

ソナタは思い詰めた顔をしていて。

庄一は笑っていた。

「わかった。行こう！」

第九章　CAPTURING

「庄一《しょういち》！　これ本当に公道走って大丈夫なの⁉」

「多分ダメだが、歩きたいなら止めないぞ！」

「庄一さん！　もっとスピード出ないんですか！」

「くそっ、こっちはリアルタイムにプログラミングしてるんだぞ！　ちょっと黙ってろ！」

僕たちは庄一の作った自動運転車両に乗って、家に急いでいた。

いくら次世代とはいえしょせんは高校生の作ったデモ車両である。乗り心地は最悪だったが、僕が走るよりは間違いなく速い。贅沢《ぜいたく》は言っていられなかった。

庄一は運転する代わりに、ノートPCのキーを叩《たた》き続けていた。

話しかけたら事故を起こして全員死にそうな気がして、そちらは庄一に任せることにする。

「で、ソナタ、なにが起きてるの？」

「わたし！　あの後、怒った稲葉《いなば》ちゃんに追い出されちゃって！　そしたら……」

「そしたら？」

「えっと……ショック受けないでくださいね？」

「その前置きの時点ですでにショックを受けてる」

「初《はじめ》さんの家を、改造しちゃったんです！」

「やっぱりか……」

そんなことだろうとは思っていた。

あの水溜《みずたまり》稲葉の立て籠もりなのだ。ただで済むわけがない。

「全部ラボにしたってこと？」

「いえ、どちらかというと……」

「おい、あれ見ろ！」

画面から一瞬目を離して、庄一が行く手を指差す。

その切羽詰まった口調に、なんだ、と奇妙に思う。

この距離から、目的地である僕の家は見えない。

そのはずだった。

実際、見えていたのは僕の家——ではなかった。

「なんだ、あれ！」

一言でいうなら、それは城だった。

金属製の四角いブロックを積み上げたようなその建物は、デタラメのようでいて不思議な均整と秩序を保ちつつ、城としか言えないようなシルエットを形づくる。それだけではなく、周囲には城壁のようなものさえ張り巡らされていた。

もともと僕の家だったとは、とても思えない。

そう。

思えないくらいに、改変されてしまっている。

しかしこんなに短時間でここまでのものを作り上げてしまうとは——

「初さん、見てください！」

ソナタが指差した先には、あの小ロボットがふわふわと浮遊していた。

それも1体や2体ではない。

大量に。

「わたし、あの子たちに追い出されたんです！」

なるほど、少しずつ増産していた小ロボットを動員したのか。

同時に、家に近づけば近づくほど、浮遊する手下たちの密度は増していく。

「ちょ、ちょっと、攻撃されてません⁉」

ソナタが悲鳴をあげる。確かに小ロボットのアームは、僕たちが乗ったマシンをつついている。ひとつひとつのダメージは小さいが、蓄積すればどうなるかわからない。

間違いない。稲葉は僕たちを、阻《はば》もうとしている。

「まずい！　走行中の車両を止めるのにもっとも有効なのは――」

言い終わる前に、ガクン、と大きな振動があって。

「きゃあああ！」

「うおおおお！」

ソナタと庄一の悲鳴が響き渡った。

「くっそお！」

やはり、稲葉は有効な手段を最短で取ってくる。小ロボットをわざとタイヤに巻き込まれるように激突させているのだ。バードストライクの車両版。小ロボットが使い捨てられていくたび、足回りがもつれていく。車両は完全に傾いて、蛇行しはじめている。庄一が必死でキーボードを叩《たた》いて立て直す――が。

「ダメだ！　もうこのまま突っ込む！　掴《つか》まれ！」

「え、今突っ込むって言いました⁉」

「ま、待て、庄一！」

僕はとっさに隣のソナタに覆いかぶさると。

経験したことのないようなGが、僕らを襲った。

■

「いてて……」

僕は全身の痛みをこらえながら、目を開けた。

交通事故に遭うというのはこういう感じなのだな、と場違いなことを思う。庄一たちの作った車は軽いとはいえ、猛スピードで突撃すればその慣性力はとんでもない大きさになる。

「ソナタ、大丈夫⁉」

「う……大丈夫、です……」

身体《からだ》の下で呻《うめ》くソナタの声を聞いて、僕はほっと安堵《あんど》の息を漏らす。

「俺のことも心配してくれねぇかな……」

「無事でよかった」

「くそ、雑だな……！」

頭を押さえながら、庄一は身体《からだ》を起こす。

僕は衝撃で自分の身体《からだ》がバラバラになっていないことを確認すると、車の中から、あたりを見回した。

それはもはや、僕の家ではなかった。

かといって、見た目通りの城でもなかった。
稲葉のラボだ。
それが、家全体まで拡大されたもの。
かつて彼女は言っていた。家程度の大きさなら、数時間でできる——と。
果たして稲葉は、それを実践したわけだ。
ではラボはなんのためにあるのか？
決まっている。
研究するためだ。
すなわち。
この中では、おそらく稲葉の研究が、僕を待っている。
「おい、来るぞ！」
庄一が悲鳴をあげて指差した先で。
稲葉の小ロボットが、群れをなして飛んでくるのが見えた。
それらはすぐに停止した車両に群がり、アームで外装をコツコツと叩《たた》きはじめる。
コツコツという音は徐々に増えていき、巨大なプレッシャーとなって僕たちを襲う。
「おい、まずくないかこれ！」
ポリカーボネート製の外装には、すぐにヒビが入りはじめ。

バキッ、という音と共に。

小ロボットが、雪崩れこんで来る。

「うわあああ！」

「庄一！」

小ロボットは叫ぶ庄一に群がると、その服をアームで摑《つか》む。一体一体が持ち運べる荷重は小さいはずだが、群がった小ロボットたちは、庄一の身体《からだ》を徐々に持ち上げていく。

「くそっ、離せ！　離せよ！」

身をよじってもがく庄一だったが、一度空中に持ち上げられてしまえば、なす術はなかった。

「初えええ！」

僕の名前を呼びながら、庄一は視界の外へと消えていく。おそらくは外へとつまみ出されたのだろう。

「行きましょう、初さん！」

「ソナタ⁉」

それを見て、ソナタは僕の手を取り、車両のドアを開けて外に出る。

走るソナタが、僕の手を引いて。

そして後ろからは、小ロボットたちが追いかけてくる。

「ちょっと、どこに行くの⁉」

「階段、あっちですから！」

指差す先に走っていくと、確かに2階への階段はそのままそこにあった。

小ロボットに追いつかれないよう、僕たちは全力で駆け上がる。

しかし、階段を上がりきったところで。

待ち構えていた小ロボットたちの一団に、突っ込んでしまう。

「きゃ！」

「ソナタ！」

僕たちは両腕で身体《からだ》をかばう。

しかし、足を止めた僕たちに、後ろから追ってきた小ロボットたちも合流してしまう。

「降ろして！　降ろしてください！　このぉ！」

必死の抵抗もむなしく、大量のロボットが群がったソナタの身体《からだ》は、徐々に浮いていた。

そして、僕の身体《からだ》も。

このままだと、僕たちはふたりともつまみ出されてしまうだろう。庄一と同じように。

「なにか手は――」

そうつぶやきながら、必死で周囲を見回す。

すると、目に入ったのは。

重そうに垂れ下がる、ソナタのバックパックだった。

「ごめん、借りるよ！」

僕は腕を伸ばすと、そのファスナーを、勢いよく開いた。

「あっ！」

ソナタの短い声と共に、そこからぼろぼろとこぼれ落ちたのは。

大量の、モンスターのぬいぐるみだった。

そのぬいぐるみたちはいっせいに歯を鳴らし、僕たちの身体《からだ》を駆け上がると、小ロボットに次々に噛《か》みついていった。

「そっか、わたしのモンスターちゃんたち！」

そう。ソナタのモンスターのぬいぐるみが、動くものに反応して噛《か》みつく――ソナタがそう言っていたのを、僕は覚えていた。

重そうなバックパックの様子からしてそうだとは思ったが、本当にどこに行くにも満載にしていたとは。

2種類のロボットたちは空中でぶつかり、徐々に小ロボットはモンスターの処理に追われ、僕たちを放していく。

「ソナタ！」

僕は彼女の手を引っ張って、小ロボットたちから取り戻す。

「初さん……きゃっ！」

引っ張られたソナタの服の袖が破れる。しかし、今はそんなことにかまってはいられなかった。僕は落下する彼女の身体《からだ》を受け止めるので精一杯だった。

「行こう！」

「はい！」

僕たちは、全速力で走った。

目的地は、今や明確だった。

2階の廊下の突き当たり。

そこに、エレベーターが設置されていたからだ。

工場のような無骨な外観だったが、丸くて大きいボタンがひとつ、重そうな扉の横にある。あれが上に行くボタンであることは間違いないだろう。距離は家の端から端まで、およそ15m。すぐそこだ。

「初さん、追いついてきますよ！」

ソナタの声に振り向くと、モンスターたちが次々に運び出されていくところだった。時間は稼いでくれたが、数には勝てない。

次々と小ロボットたちが迫り、一体、また一体と僕たちの身体《からだ》に取り付いていく。

重力と反対方向の力を感じて、だんだんと足が床を捉えられなくなる。

「くっ……届け……！」

それでも僕が伸ばした手は、大きなボタンを押して。

エレベーターのドアが、ゆっくりと開く。

僕は隙間から、中に身体《からだ》を滑り込ませる。

内側のボタンを押そうと振り向くと。

遅れたソナタが、小ロボットに捕まっているのが見えた。

「しまった！」

僕はエレベーターの壁を蹴るようにして、もう一度廊下に飛び出すと。

彼女に辿《たど》り着《つ》き、群がる小ロボットを手で払っていく。

「初さん！」

「ダメだ、キリがない！」

彼女の手を摑《つか》んで、折り重なった小ロボットの山から引っ張り出そうとするが。

僕の身体《からだ》にも、小ロボットが集まりはじめる。

それでも僕は力を込めて、彼女をエレベーターまで引っ張っていく。

ようやくエレベーターに、僕とソナタ、ふたりの身体《からだ》が入ったところで。

僕の身体《からだ》が、浮きはじめる。

「くっ……ソナタ、絶対に離さないでよ……！」

彼女の手をしっかりと摑《つか》んで、エレベーターの中に留まろうとするが。

ゾウにでも引っ張られているのかと思うくらい、僕たちを排除しようとする力は大きくなっていた。

そのうち、ふっ、とソナタが笑った。

嫌な予感のする、表情だった。

「ソナタ……？」

「初さん。あの、わたし。言いたいことがあって——」

「ダメだ！」

「今まで勇気がなくてごめんなさい。でも稲葉ちゃんと話す前に伝えたくて——」

「そんなの後でいい、ふたりで稲葉を説得しよう！　僕ひとりじゃ無理だ！　チームだろ！」

でも、もはやどんな言葉も、ソナタを止めることはできなかった。

「最初に出会ったときから、初さんのこと——」

彼女の声は、機械の作動音の中に消えていく。

小ロボットは、もはや彼女を飲み込みそうなくらい、群がっていて。

ソナタ、と彼女の名前を呼ぶより早く。

彼女が最後まで、言葉を紡《つむ》ぐ前に。

その手が、僕の手を離す。

そして引きずり出される、その直前に。

エレベーターの内側のボタンを、押した。

「稲葉ちゃんのこと、お願いしますね！」

引きずり出されるソナタの身体《からだ》と、上昇をはじめるエレベーターは、急速に離れていき。

彼女の声も、すぐに聞こえなくなるほど遠ざかる。

残った小ロボットを、摑《つか》んで叩《たた》き落《お》とすと。

ワイヤーを巻き上げる無骨な音を聞きながら。

僕は、自分の家には存在しなかったフロアに辿《たど》り着《つ》く。

それが何階なのかは、もはやわからなかった。

停止による慣性が、身体《からだ》の重さを感じさせて。

行く手を阻《はば》む保護バーが開く。

「来たのね、初」

そこには、彼女が待ち構えていた。

■

丸い部屋の中心に、彼女は座っていた。

その周辺にはプロジェクションによるコンソールが広大に展開されていた。ネットワーク状の独自言語で書かれたそれは、プラネタリウムのようにさえ見える。

座る椅子は簡素なものにすぎなかったが、僕には玉座のように見えた。

彼女の着ているシャツはは、だけ、あられもない姿になっている。それだけではなく、服は全体的にあちこちが汚れたり破れたりしている。異様な姿だった。この城を築くことだけに集中し、それ以外のあらゆる事象を無視したのだろう。おそらくはロボットの作業に巻き込まれたに違いない。

もしかしたら、これが稲葉本来の姿なのかもしれないと思った。

今までは人間らしい格好に擬態していただけで。

本当は、研究だけがすべて。

あとは全部、どうでもいい。

そのほうがむしろ、彼女らしい。

ごほっ、と咳《せき》をしてから、彼女は椅子から立ち上がる。

「来てくれないかと思ったわ」

「あれだけ妨害しておいて……」

僕は彼女を睨《にら》みつける。しかし稲葉が今更、そんな視線を気にするわけもない。

「準備がまだだったから」

「準備？」

「でも、もういいわ。ほとんどできたようなものだし、せっかく初のほうから来てくれたもの」

彼女の意図は不明だった。けれど、僕は敢《あ》えてそれを無視して。

「……稲葉。話をしに来たんだ」

とにかく、そう宣言する。

「私の気持ちに、応えてくれる気になった？」

「違う。君を止めに来たんだ。チームのリーダーとして」

僕は正面から、稲葉を見据えた。そして、要求を述べる。

「ロボットから、母さんを消してほしい」

「どうして？」

答えない僕に、稲葉は続ける。

「私は正しいことをしているだけよ。失ったものを取り戻せる魔法があるなら、人はそれを使うでしょう。人を死の淵《ふち》から呼び戻す手法があるなら、実装するでしょう。それが科学というものの発展であり――天才の責務ではなくて？」

「そう、かもしれない」

「ね？　でも、さっきはごめんなさい。完璧な状態にしてから、あなたに見せるべきだった。戸惑って当然だわ」

彼女の語りがなにを意味しているのか。

なにを準備しているのか。

なにを完璧な状態にしたかったのか。

心の底では、僕はもう、気づいていたのだと思う。

「稲葉……君は……」

でもやっぱり認めたくなくて。受け入れたくなくて、僕はここまで来てしまった。

いや。

きっと認めていて、受け入れたからこそ、ここまで来たのだ。

「大丈夫、初。ちゃんと用意しているわ」

稲葉は優しく微笑《ほほえ》んだ。そして、指を鳴らす。

すると彼女が立つ床の横から、円筒状の装置がせり上がってくる。

ガン、という軽い衝撃とともに、それは停止して。

ロックが解除され、扉が開く。

中からなにが現れるのか、僕にはもう、わかっていた。

「母さん……」

「初」

出てきたのは、母さん、だった。

髪の色も、表情も、肌の質感も、歩き方も、そのあたたかい声も、僕を見つめる眼差《まなざ》しも。

すべて、母さんのものだった。

記憶の中にある通り、動画で何度も思い返した通り。

それはもはや、ロボットではなかった。

どこからどう見ても、生身の人間にしか見えない。

生きている。

母さんが。

「ごめんね、急にいなくなって」

母さんは、一歩一歩を踏みしめるように、僕に近づいて。

伸ばされたその腕は、僕を抱きしめる。

子どもの頃みたいに。

それだけで、僕の心はもう、崩れ落ちてしまっていた。

記憶の中の感触が、現実と重なる。幻が質量を持つ。

本当に、帰ってきたのだと。

心ではなく。

身体《からだ》が、それを認めてしまう。

母さんの腕に、包まれながら。

僕はぎゅっと、母さんの身体《からだ》を抱きしめ返した。

幽霊ではない。

ゾンビでもない。

それは正真正銘、僕の、母さんだった。

「母さん……母さん！」

「初。大丈夫、私はここにいるわ」

「……母さん、いなくなって寂しかったよ……母さん……！」

気づけば、僕は泣きじゃくっていた。思考とか、理性とか、そんなものはどこにもなかった。

あるはずもない。

だって目の前に、母さんが、現れたのだから。

「見せたいものも、聞かせたいことも、たくさんあるんだ……！」

僕は、止まることができなかった。

止めることができなかった。

嘘《うそ》とか、本当とか、そういうことではなく。

ずっと望んでいたことが、そこにあったから。

「いろんなことに挑戦したよ。〈次世代高校生プログラム〉に合格して。庄一と喧嘩《けんか》したんだ。今は仲直りできてよかった。それで湖上《こがみ》教授っていう、すごい先生に教わって、いろいろなことを知って、実践して、すごく成長したんだ。それでね、ソナタっていう子と知り合って。料理がうまくて、ホラー映画が好きで、とても優しい子なんだ。それから――」

あとからあとから、涙が溢《あふ》れてくる。

ぽろぽろと流れ落ちていく雫《しずく》は、少しずつ形を帯びていく。

「――稲葉に出会った。彼女はね、天才なんだ。絶対に届かない、でもあんなふうになりたいって、そう思ったんだ。僕のことを好きって言ってくれた。嬉《うれ》しかった。返事はまだしていないんだ。なんて言ったらいいかわからなくて。本当にいろいろなことがあったけど――僕はね、母さん。まだ2位なんだ」

母さんは、そんな僕の涙をすくいあげる。

「大丈夫。よくがんばったね」

それは、ずっと僕が欲しかった言葉だった。

心から。

魂の奥底から。

そう言ってもらう前に。

母さんは、いなくなってしまったから。

だから僕は、ずっと。

いや、違う、そうじゃないんだ――

「——本当はね、わかってたんだ」

僕の身体《からだ》は外側のかたちだけを残して、全部涙になってしまったのだと思う。溢《あふ》れて止まらない感情は、僕を空洞にした。

「僕は単に、受け入れられてなかったんだよ。人は死ぬんだ。準備ができていようがいまいが、関係なく。僕は多分、ずっと2位でいたかったんだ。1位になったら、母さんに報告しないといけなくなるから。そうしたら、報告する相手がいないってことを、受け入れなきゃならなくなるから」

抱えていたすべての悲しみが、流れ出て。

身体《からだ》が軽く感じられた。

今なら。

なんでもできる気がする。

きっと、受け入れられる。

「でも、もういいんだ。ありがとう、母さん。僕は母さんがいなくても、前に進むよ。友達がいるんだ。好きな人も。父さんにも連絡する。1位になったとき、喜んでくれる人が、僕にはいるから。だから——」

それは、もはや目の前の相手に対して発している言葉ではなかった。

僕は僕に語りかけていた。

このロボットではなく、母さんにでもなく、僕自身に。
僕は母さんの背中に、ぐっと力を込める。
「初!」
そう叫んだのは、母さんではなく稲葉だった。
彼女らしくない、驚愕《きょうがく》と、焦燥の響き。
あっという間に彼女の小ロボットが僕を取り巻く。
力強いアームが、僕を母さんから引き剝がそうとする。
でも僕はしがみついた。
成し遂げるべきことを、成し遂げるために。
僕は母さんの背骨を、指先で探り当てる。
皮膚が薄くなっているところを狙って、思い切り両手の爪を立てた。
寄せられた肌を、摑《つか》むようにして手がかりを得ると。
僕は全力を腕に込めて引きちぎる。
薄くなったシリコンの外皮に、耐えられず穴が開いたのが指先の感触でわかる。
その下から現れた、チタン合金の骨格に、指を滑らせ。
肋骨《ろっこつ》が終わる終端まで手を這《は》わせると。
腰の横から、背骨の下にある、ひときわ太いケーブルを、摑《つか》む。

「――さよなら、母さん」

そしてそれを、勢いよく引き抜いた。

母さんは奇妙な声をあげて、その場に倒れる。腕や足をめちゃくちゃに動かし、人間が絶対にできない体勢で、床を転げ回った。やがてバチバチと背中から火花をあげて、母さんは動きを止めた。

完全に機能が停止したその顔は、人間のものではなかった。

「どうして――」

目を見開く稲葉に、僕は近づく。

僕を引き剝がそうとしていた小ロボットは、気づけば稲葉を守るように、彼女の周りに浮かんでいた。

「……稲葉。僕は君に謝らないといけない。君は僕を喜ばせようとしてくれたんだよね。あのときも、今も。なのに取り乱して悪かった。ごめん」

「わからないわ。どうして？　これは私にしかできないことよ。ソナタには絶対に叶《かな》えられない願い。あなたの心からの望みなのに。精神は願っているのに、行動は拒否している。矛盾しているわ。どうして？」

苦しそうな声で、稲葉は訴える。

「初、どうしたらあなたは嬉《うれ》しいの？」

稲葉は、僕に一歩近づくと。

破れた服を脱ぎ捨てて。

生まれたままの白い肢体が、あらわになる。

「私はあなたの家族になりたい。私、見たわ。あなたのお父さんとお母さんが残した動画。ふたりとも、助け合って生きていた。私もそうなりたいの。それでね、初。あなたと子どもを作りたい。なのに、どうして――」

彼女はそのまま、僕に腕を回す。

「――私をあなたの、1位にしてくれないの？」

僕は目を閉じて、その身体《からだ》に、そっと触れる。

彼女の胸、その横。

縦に並んだ、３つの傷。

やっぱりあのとき見たのは、見間違いなんかじゃなかったんだよな。

そのとき気づいていてもおかしくなかった。

でも僕は、稲葉のことをちゃんと理解しようとしなかったんだ。

その傷がなにを意味するか、今の僕には、もうわかっている。

水溜稲葉。不世出の天才。

あまりにも巨大な才能と知性を持つがゆえに。

その存在そのものが、手の届かない魔法だと、心のどこかで信じていた。

「稲葉」

そう名前を呼ぶと。

「は、じ……め……」

稲葉の答えは、濁った音へと変わった。

それは徐々に苦しそうな音になり、細い管を吹くような、不穏な呼吸音へと変わっていく。

ごほん、ごほん。

次第に強くなる咳《せき》に、稲葉は身体《からだ》を折って崩れ落ちる。

彼女の身体《からだ》の感触は、華奢《きゃしゃ》で、細くて、今にも消えてしまいそうな。

生身の、女の子だった。

傷の正体。

家にもラボにもいないとき、稲葉がどこに行っているのか。

なぜ死にこだわるのか。

僕には、彼女が隠してきた秘密の正体が、もうわかっていた。

「今まで気づかなくてごめん」

稲葉の咳《せき》は止まらない。僕はもはや喋《しゃべ》ることのできない彼女を、ぎゅっと抱きしめる。

母さんが僕に、そうしてくれたように。

「稲葉。君は、病気なんだね。しかも、命にかかわる。そうだろう?」

「ち、が……う……!」

「いないときが多かったのは、病院に行っていたからだ。この傷跡は、手術の跡。ずっと咳《せき》もしていたもんね」

「いや、みと、めない! わた……わたしは……!」

稲葉は身体《からだ》を折るようにして咳《せ》き込んでいる。

僕が身体《からだ》の中の悲しみを、涙として流してしまったように。

彼女もまた、身体《からだ》の中の絶望を、吐き出そうとしているかのようだった。

稲葉の異変を察知したのだろう、赤いランプが点滅するのと共に、アラームが鳴る。

救急へ通報したと、各所のディスプレイに表示される。

「母さんを蘇《よみがえ》らせることに君がこだわった理由も、わかるよ」

僕は抱きしめた彼女の背中を、そっと撫《な》でた。

少しでも、楽になるように。

呼吸だけではなく、彼女を苦しめる、すべてから。

病で死ぬ。

そのことを、彼女は受け入れなかった。

だから彼女は、模索してきたのだろう。

死から逃れるための、研究を。

「わ、た……わた、し――」

彼女はもはや、正常に呼吸ができていなかった。

ぜえぜえという異音が、言葉の代わりに響き渡る。

僕は背中を支え、苦しそうに息をする彼女を、抱きしめながら横たえる。

なにかを言おうとする彼女の口元に、僕は耳を寄せて。

「――しにた、く、ない！」

それでもね。

人は死ぬんだよ、稲葉。

僕は彼女に、そう言わなかった。

言えなかった。

彼女が意識を失うのと同時に。

時間が止まったかのように。

城は、すべての機能を停止していた。

救急車のサイレンが、移動によってその音波を歪《ゆが》めながら、すぐそこまで近づいてきていた。

第十章 COLLIDING

数時間後。

僕は稲葉《いなば》の病室で、彼女のベッドの横に座っていた。

横たわる彼女の口元には、透明なマスクがつけられている。呼吸を補助するためのものだ。いろいろな機械に囲まれて眠る彼女の姿を見ていると、なんだかロボットみたいだな、と思う。それでも、その華奢《きやしゃ》な身体《からだ》と、ゆっくりと上下する胸を見ていると、彼女が生身の人間であるのだということもまた、実感させられた。

あれから僕は小ロボットに助けられながら、稲葉を抱きかかえて脱出した。ほどなくして到着した救急車に一緒に乗り込み、病院まで駆けつけたというわけだった。

僕が稲葉のもとに辿《たど》り着《つ》くこと、そしてもしかしたら倒れてしまうかもしれないことは、想定済だったのだろう。そうなった場合の挙動は、あらかじめ決められていた、というわけだ。稲葉にとって、彼女自身の生存は、すべてに優先する。そのためのセーフティは、何重にも用意されていたのだ。

「……稲葉ちゃん、無事でよかったですね」

隣のソナタが、しみじみとそう言う。

あんなことがあったのに、彼女は稲葉の心配をしていた。後から病院まで追いかけてきて、それからずっとここにいる。

「そうだね。あのまま呼吸ができなかったらと思うと――」

そうソナタに答えるが。

「……別に、たいしたことじゃないわ」

言葉は、稲葉から返ってきた。

「稲葉ちゃん！」

「稲葉！」

僕たちは、意識を取り戻した彼女の顔を覗《のぞ》き込む。もともと白い顔をもっと真っ白にして、ごほごほと咳《せ》き込んでいる。

「だ、大丈夫ですか？」

「言ったでしょう。たいしたことじゃないって」

心配するソナタに虚勢を張るように、稲葉は身体《からだ》を起こそうとする。その肩をそっと押さえて、僕は彼女を制した。

「ダメだよ。寝ていて」

稲葉は、ごほんと咳《せき》をする。その勢いは、いかにも弱々しい。

僕は身を乗り出したまま、彼女に尋ねる。

「稲葉。隠さないで正直に答えてほしい。君は……病気なんだよね？」

もう一度彼女は湿った咳《せき》を繰り返して、吐く息が透明なマスクに当たって結露を作った。

「ええ。ありていに言うなら、肺がんよ」

ソナタが息を呑《の》んだのがわかった。

「ごめんなさい、わたし……」

「気づいてほしくなかったから。気づかなくて正しいわ」

兆候はないわけでもなかったが――まさか部分的にでも肺を切除している人間が、酸素マスクを装着してジェットパックで高空を飛んでくるとは、誰も思わないだろう。

「もう単刀直入に聞くよ。稲葉……君は、あとどれくらい生きられるの？」

心の底から嫌そうに、稲葉は説明する。

「今すぐ死ぬというわけじゃないわ。ただ再発を繰り返していて、切除のたびに肺が小さくなっているだけよ」

「それって！　そのうち死ぬってことじゃないですか！」

「誰だってそのうち死ぬでしょう。……ね、初《はじめ》？」

悲鳴をあげて詰め寄ったソナタから目を逸《そ》らし、そう僕に振る。

それが皮肉であることを、僕は理解していた。

「それは……」

「私のケーブルも、抜くのかしら？」

僕は答えられなかった。

稲葉がなにと向き合っているのか、ようやく理解していたから。

「……また手術、するんだろ」

「ええ。まだ検査はあるけれど、そうなるでしょうね。肺の炎症が治まるのを待ってから、胸腔鏡《きょうくう》による肺葉《はいよう》の区域切除をすることになるわ。それまでは、ここに釘付《くぎづ》けというわけ」

「コンペ、間に合うの？」

稲葉は答えなかった。

そして、それがそのまま結論だった。

「わかった。とにかく治療が最優先だよ。あとは僕たちでなんとかする」

ソナタがなにか言いたそうに僕を見たが、それが言葉になることはなかった。

「ねぇ、初」

「なに？」

彼女はなにも言わなかった。

その代わりに、両手を広げる。僕に向かって。

一瞬の逡巡《しゅんじゅん》の先で。
僕はそれに応えた。
ベッドに近づき、身を寄せる。
身体《からだ》を傾けて、稲葉に重ねる。
彼女の手が、僕の背中に回り。
ぎゅっ、と圧を感じた。
重ねた胸は、呼吸をしていた。
そこに荒い雑音が混じっていることが、直接伝わってくる。
多分、数秒のことだったのだと思う。
けれど、そのあいだに、十数年の時が経《た》って。
稲葉が死んでしまうのではないかと、そう、感じた。
それでも、僕は泣かなかった。
今、涙を落としてしまったら。
大切なものも、一緒に流れていってしまう気がして。
僕は稲葉から身体《からだ》を離すと、彼女の目を見る。
燃えるような星の輝きは、変わらずそこにあった。
そしてその目は、ゆっくりと閉じられ。

再び、眠りについたのだった。

■

病室を出た僕とソナタのあいだには、重苦しい空気が流れていた。

なにも言わないままエレベーターに乗って、1階のボタンを押した。

それを合図にするかのように、ソナタが口を開く。

「あっ、あの、初さん」

僕はふう、と息を吐くと、彼女の肩をぽんと叩《たた》いた。

「大丈夫。なんとかなるよ。家は小ロボットがだいたい再建したし、僕たちが作ったロボットだって全部がなくなったわけじゃない、最初に稲葉が作った基礎は残ってる。制御系は読めないから丸ごと使うしかないけど、ハードウェア側はなんとかなる。設計そのものは完成してるんだ。あとはプレゼンテーションを――」

「そうじゃなくて、ですね、その――」

「ああ、名前を決めないとね」

「え？」

「ロボットの名前だよ。プレゼンテーションには必要だろ？」

「それは、そうですけど……」

「ネーミングセンスには自信がないんだ。ソナタがつけてほしい。それから――」

「あの！」

ソナタが大きな声をあげて、僕は黙ってしまう。

静かになった密室の中で。

「初さんと、稲葉ちゃんって、その――」

ソナタがそわそわしながら、そう切り出したとき。

エレベーターは1階について、ドアが開いた。

そこには、見覚えのある派手な女の子が立っていた。

僕の顔をみて、彼女は目を見開くと。

「あんたかぁ！」

そう怒鳴って、僕の胸ぐらを摑《つか》む。

僕の身体《からだ》は、ドン、と壁に押し付けられ、隣のソナタが悲鳴をあげる。

病院にいる人たちの視線が集まるのがわかった。

僕は両手を上げて、無抵抗であることを示す。

「あんたのせいで！　あたしたちは！」

周囲の目も気にせず怒り狂う、派手な女の子。

それが誰なのか、僕は知っていた。

「おい！　やめろって！」

後ろから走ってきた、背の高い、髪の長い男子。

それは見慣れた庄一《しょういち》の顔だった。

「なんで止めるんだよ！　こいつのせいであたしたちが作ってた自動運転車はオシャカになっちゃったのよ！」

「いやここ病院だって！」

「あたしには関係ない！」

そう、彼女は庄一のチームのメンバーだった。一緒にいたのを見かけたことがある。もうひとりいるはずの男子は、今ここにはいないようだった。

「もうコンペ本番まで時間がないのに！　自分のやったことわかってんのか⁉」

まったく申し開きもなかった。庄一のあの車両は、当然だが庄一だけのものではない。庄一がチームで作りあげたものだ。それを潰してしまったのは、完全に僕の責任である。

「ごめん」

「ごめんで済まないわよ！」

「まあまあ」

庄一は彼女の両肩に手を置いた。

「全部俺が勝手にやったんだ」

「いや、庄一じゃない、僕が――」

「初、お前は黙ってろ！」

「だって、庄一のせいじゃ！」

「なんであんたたちが庇《かば》い合ってるのよ!?」

今にも嚙《か》みつきそうな彼女に、庄一は落ち着いた声をかける。

「大丈夫だって。ていうか、お前、正直言って、あの出来に満足してたか？」

優しく、諭すような声。もしも目の前に飢えた猛獣がいてなだめないといけないとしたら、きっとこうやって声をかけるだろう。

「それは……でも……」

明らかに毒気を抜かれて、その子は拗《す》ねた表情を見せる。

「あたしと庄一で、がんばって作ったのに……！　ひどいよ、こんなの……！」

「おい、チームは３人だろ！　もうひとり忘れんなよ！」

「だってぇ……」

彼女の手から力が抜けて、僕は解放される。代わりにその手は、溢《あふ》れ出《で》る涙を拭っていた。

僕は余計なことを言って庄一の手間を増やすべきではないとようやく理解し、静かにその場で両手を上げたままにしていた。

「こう考えようぜ。もう一回作り直したら、絶対もっと完成度が高いものになるさ」

「間に合うかなぁ……？」

「俺たちならできるって。そうだろ？」

「庄一ぃ！」

彼女は、うわぁん、という子どものような泣き声をあげた。お静かに願いますと注意するスタッフに謝りながら、庄一は彼女の肩を抱いて、病院を出ていった。

僕とソナタは、それを呆然《ぼうぜん》と見送る。

長い沈黙を経て。

そしてふたりの姿が見えなくなったころ。

「……あいつって、モテるよな」

小さく口の中でつぶやく。

「なにか言いました？」

「なにも」

ソナタに向けてそう肩をすくめたところで、スマートフォンに通知があった。確認すると庄一からのメッセージだった。

〈貸しだからな。高くつくぞ〉

〈ごめん〉

〈ごめんで済むか！　1位を譲れ！〉

〈それはできない〉

〈知ってるよ！　くそ！　手抜いたら承知しねぇからな！〉

心配そうにこちらを見るソナタに、僕はスマートフォンの画面を見せる。

ソナタはそれを読んで、納得したような顔で頷《うなず》くと。

僕たちは、ようやく病院を後にしたのだった。

■

病院は、駅から離れた丘の上にあった。僕たちは少々過剰なほどに緑に覆われたその場所から、坂を下って歩いていく。日差しはすっかり傾いていて、そろそろ夕方になろうかという時間だった。

「初さん」

僕は数歩坂を下ってから彼女が視界から見えなくなったことに気づき、彼女を振り返った。

ソナタはまるで杭《くい》のように立ち止まって、坂の少し上から僕を見下ろしている。

咎《とが》めるように刺さる逆光が眩《まぶ》しくて、僕は目を細める。

「初さんと稲葉ちゃんって、付き合ってるんですか？」

「それは――」

僕は答えられなかった。

なんと言ったらいいのかも、なんと言うべきなのかもわからなかった。

僕がそんなふうに考えているあいだに、ソナタの目には、涙が溜《た》まっていく。

「だって、わたし、知ってますよ！　ふたりで出かけた日！　初さんの誕生日だったんでしょう⁉　わたし、なにも知らなくて！　稲葉ちゃんが病気だってことも！　なにも！」

言葉と一緒に、彼女の両目からは、ぼろぼろと涙がこぼれていた。

「あんなに一緒にいたのに！　わたし、わからなかった！　やっぱり馬鹿なんです、わたし。わかってたら、もっと、稲葉ちゃんにも、初さんにだって！」

頬を流れていく、その雫《しずく》は。

夕暮れの木漏れ日を反射して。

まるで宝石みたいだなと。

そう、思った。

「稲葉ちゃんって、初さんのこと、好きなんですよね？」

僕はソナタから投げかけられた疑問を、受け取りそこねる。

胸に当たって地面に落ちたそれを、ゆっくりと拾い上げた。

「そうだね、告白された」

「……初さんは、稲葉ちゃんのこと好きなんですか？」

「好きだよ」

何度考えてみても、結論はそれしかなかった。

「尊敬してる。あんなに合理的に物事を考えて、そして正しいと思ったら、まっすぐにそれを実現する。そんなことができる人を、僕は稲葉以外に知らない」

僕は自分の両足を見つめた。

走り疲れたように汚れて、擦り切れそうなスニーカーが、ふたつ並んでいる。

「僕は、稲葉に憧れてる。今もそうだ。嫌いになれるはずないよ。同じチームで、一緒にがんばってきたんだから」

「なんですかそれ！」

はっと顔をあげると、坂道をソナタが降りてくるのが見えた。重力に引かれる勢いで、転がり落ちるように彼女は走ってきて。僕の額に、ごん、と自分の額を当てる。

「いって……！」

「初さん。わたしが言ってるのは、そういうことじゃないです」

目線を合わせずに、僕に額を向けたまま、ソナタはうつむいていた。

けれど、すぐに顔をあげ、まっすぐに僕の目を見据えて。

「あのとき、ちゃんと言えなかったから、今言いますね」

そして。

「わたし、初さんのことが好きです。出会ったあの日から、ずっと、毎日、好きでした」

僕は、ふう、と息をつくと。

「ありがとう」

そう答えた。

「ありがとうじゃないです！　初さん、わたしと稲葉ちゃん、どっちが――」

僕はソナタの肩に手を置いて。

彼女の言葉を、遮った。

はっと、なにかに気付いた顔をして。

それからソナタは僕の目を、じっと見つめた。

そこにきっと、星の光は、輝いていないだろう。

だとしても。

「僕たちには、まだやらないといけないことがある。そうだろ？」

ソナタには、ちゃんと伝わっている。

今はまだ、結論を出すべきときではないのだ。

稲葉が参加できないとしても。

いや、参加できないからこそ。

僕たちは、彼女の——いや、彼女と作ったロボットを、完成させなければならない。

そして、1位を取る。

そのために、ここまでやってきたのだから。

「ごめんね。でも、全部終わったら、ちゃんと返事をするよ」

「初さん、わたし……」

拭ったばかりの赤く腫れた丸い目の端に、もう一度、丸い雫《しずく》が浮かぶ。

「嫌ですよぉ！」

それはだんだんと大きくなって、やがて耐えられなくなり、再び流れ落ちていった。

「稲葉ちゃんが死んじゃったら！　せっかく……せっかく友達になれたのに！　仲良くなれたのに！　稲葉ちゃんだって、天才で、できることも、やりたいこといっぱいあって、コンペだって一緒にやってきたのに、なのに、なのに……！　こんなのって……こんなのってないですよぉ！」

うわぁん、と、ソナタは声をあげて泣いた。

あとからあとから、涙は流れて、彼女の頬に、塩の道を作る。

それはまるで、迷子になってしまった子どものようで。

でも、僕の代わりに、泣いてくれているような気がした。

メイクアガール

MAKE A GIRL

[episode 0]

第十一章 DEMONSTRATING

コンペティションの当日は、すぐにやってきた。

それまでのあいだ、僕たちはひたすらに準備に奔走した。

なにせロボット自体が未完成だったのだ、このままでは1位どころが不戦敗になってしまう。

ここまでやってきたことを、無駄にするわけにはいかなかった。

幸運だったのは、僕の家がラボに改造されてしまっていたことだった。幸運とは皮肉だったが、その設備は大幅に強化されていた。おそらくそれがなければ完成自体が間に合わなかっただろう。

本格的な制御は稲葉《いなば》がいなければ不可能だったが、彼女が残していった小ロボットたちが、僕たちの指示に従って動いてくれた。

いったいどこまで稲葉が見据えていたのかはわからないが。

ともかく、僕たちはコンペティションの当日を、迎えることができたのだった。

僕とソナタは、緊張しながらも、会場へと辿《たど》り着《つ》いていた。

それまでの授業と異なり、当日の発表は大講堂で行われることになっていた。

「わ、すごい、西洋のお城みたいですね」

その古風な建物に、僕とソナタは圧倒されていた。古い大学の古い講堂だ。大学院棟は最先端を目指す現代的な雰囲気だったが、こちらはまったくその逆だった。いつからあるのかもはやわからないくらい昔からそこにある建築。無数の人間が学んできた場所。今まで見たことのないその存在感に、僕たちは否《いや》が応《おう》でも緊張感が高まる。

「……大丈夫ですかね」

「できることは全部やったんだ。今そこを心配したってしょうがないよ」

「そうですけど！　ああ、緊張する……」

「ピアノのコンクールとか出たことないの？」

「ありますよ！　ありますけど！　あれは嫌々やらされてて、別に失敗したっていいと思ってたので」

「そんな姿勢でコンクールに出てたの……」

「でも、今日は絶対、失敗したくないんです」

「……そうだね」

「稲葉ちゃんに、1位の報告、届けましょう！」

両手を握って力強く胸の前に掲げるソナタに、僕は頷《うなず》く。

集まりはじめた他の学生たちに交ざって、僕たちは講堂の中に歩みを進めた。中は思ったほど広くはなかったが、しかしそのことがかえって年代を感じさせた。

僕たちは豪勢な布張りながら狭い座席に、ふたりで並んだ。

あたりには明らかに報道と思われるカメラが立ち並んでいた。今まで考えたこともなかったが、冷静になってみればこれは政府肝煎りの新進気鋭のプログラムだ。その最終発表に取材が入ることなど、むしろ当たり前であるとすらいえるだろう。

学生たちはみな一様に浮足立っている。奇妙な空回りのような空気が、講堂を支配していた。これで一生が決まるといっても過言ではない。それくらい大きいものが、このコンペティションにはかかっている。

僕は何度も、大きく息を吸って、吐いた。

最初は鉄のようだった身体《からだ》に、だんだんと空気が馴染《なじ》んでくる。

僕の肺は、正常に機能していた。

これ以上ないほどに。

そのことに、僕は密《ひそ》かに感謝する。

そして。

永遠にも感じる、待ち時間の後で。

いよいよ、本番ははじまったのだった。

湖上《こがみ》教授の挨拶からはじまったコンペティションは、濃密かつスムーズに進んでいった。いろいろなチームが作った様々なロボットが、次々に紹介されていく。

当然、そのすべてがうまくいっているわけではなかった。あるチームはデモがうまく動かず、四苦八苦しているうちに持ち時間を使い果たしてしまっていた。よく見れば、それは最初にソナタを強引に誘おうとした人たちのチームだった。けれど、それを笑う余裕は、僕たちにはない。僕たちだって、そうならない保証はないのだ。

一方、とてもうまくいっていると感じられるチームも少なからずあった。引き込まれるプレゼンテーション。高校生という枠を取り払って見ても高度な実装。印象的なデモ。そういうケースを見ていると、だんだんと不安になってくる。僕たちは、本当に1位を取れるのだろうか。

その代表例が、庄一《しょういち》のチームだった。

自動運転車は、あの日見たプロトタイプよりも何倍も洗練されたデザインで、きびきびした動きを見せていた。庄一を中心としたプレゼンテーションは、ユーモアがあり、コンセプトも明確で、人を惹《ひ》きつけるものがあった。自分が前に出るだけではなく、チームのメンバーも立てている。そんなカリスマ性が庄一にあるなんて、僕はこのときはじめて知ったのだった。

そして、すべてのプレゼンテーションに共通していたのが、湖上教授の質問の苛烈さであった。素人《しろうと》質問で恐縮ですが――というような定型句から入って、一語一語が本質を射抜く。僕たちが聞いていて薄々疑問に思っていることを、100倍の精度と鋭さで捉えて切り込んでいく。態度そのものは柔和で落ち着いていて、ときに笑いさえ挟む。しかし誰もがその内容に戦慄していた。とてもそろそろ現役を引退しようかという85歳の老教授には思えない。

これがひとりでロボット工学を10年進めたという天才なのかと、僕たちは震え上がった。

そして、僕たちにも、自分自身をまな板の上にさらす時間がやってくる。

僕とソナタはふたりでステージにあがり、プレゼンテーションスライドの表紙がプロジェクターで表示されているのを確認した。

小さなキッチンの設営も万全だった。ソナタがＩＨのコンロの動作を確認している。

本格的なワイヤレスピンマイクが僕とソナタの両方に渡され、スライドのページを送る小さなデバイスを僕が持った。

僕は深呼吸をして、講堂を見回す。

こんな場所で話すのは、はじめてだった。

無数のカメラ、たくさんの人、そのすべてが僕のほうを向いている。

後ろのほうに立つソナタを見る。目が合う。

僕は静かに頷《うなず》いて。

彼女も頷《うなず》いた。

そして。

「それでは、発表をはじめます」

僕の声の振動は、マイクの中の振動板に当たり、電気信号に変換され、増幅されてスピーカーから発せられる。自分自身の身体《からだ》が、どこまでも広がっていくような感覚。

けれど感じるのは心地よさよりも、恐怖だった。

規定に則《のっと》り、僕はチームメンバーの名前を読み上げる。

「川ノ瀬《かわのせ》初《はじめ》、深森《みもり》ソナタ。そして……水溜《みずたまり》稲葉のチームです」

こうして僕たちの番が、幕を開ける。

「僕たちは、このコンペティションに参加するにあたって、まずチームで取り組むための体制を整えることが大切だと考えました」

何度も何度も練習したフレーズを、僕は発する。それは練習とはまったく違う響きで講堂に鳴り、僕はその雰囲気に気圧《けお》されそうになりながらも、先を続ける。

そしてその演説は、ＢＧＭによって彩《いろど》られていた。

それはここまで見てきたどのチームも取り入れていない演出だ。

僕がさりげなくソナタのほうを見ると、彼女は僕に向けて両目をつぶった。多分、ウィンクなのだと思う。

ＢＧＭを使うことはソナタの提案だった。映画を山ほど見てきた、そしてピアノを習い続けてきた彼女にとって、音楽による演出はごく自然な発想だったのだ。

音楽が鳴っていることに、聴衆がわずかに驚いている気配を感じる。

「たまたまメンバーの自宅が近くにあったことから、そこで共同生活をしながら研究に取り組むことになりました。これはメンバーの絆《きずな》を育むのに役立った一方で、しかし負担もありました。食事や洗濯、掃除など、生活するためのさまざまな雑事も、自分たちで分担しなければならなかったのです」

スライドを送る。そこにはキッチンでソナタが料理する姿が映っていた。記録にと、念のため撮っておいたものだった。それがこうして、ちゃんと役に立っている。なんでも撮っておくものだ。

「この〈次世代高校生プログラム〉に参加したみなさんは、この点をどうやって解決しましたか？　多くの人にとって、そもそもこれは問題ではなかったでしょう。おそらく保護者が食事を用意してくれたはずです。未成年ですから、当然ですね。けれど、僕はたまたまそうではなかった。父親が海外で働いていて、そして――」

僕はスライドを送った。

そこには、母さんの写真が、表示されている。父さんが撮った写真だった。

「――僕の母は、僕が小学生のとき、脳出血で急死しました」

ポン、とピアノの音が鳴る。

かすかなざわめきが、講堂に満ちる。

「でも、これは僕だけの問題ではありません。創造的な仕事に取り組むためには、生活の基盤が必要です。家事労働から解放されれば、自分のために時間を使えるようになる。そういう人は、この世界にたくさんいるはずです」

僕は庄一に目をやった。口をへの字に曲げて、なにかに耐えるような顔をしている。おそらく泣きそうなのだろう、と僕は当たりをつける。

母さんのことに、僕はあえて言及した。

それは、物語としてそれがわかりやすかったからに他ならない。

死んだ人間を利用するようで、気がとがめないわけではなかったけれど。

それでも僕は、今できる最善の手段を取りたかった。

母さんは、きっと許してくれるだろう。

むしろ僕がずっと塞ぎ込んでいたら、悲しむはずだ。

そのことが、今ならわかる。

僕は十分悲しんだ。

受け止めた。

受け入れた。

今は、前に進むときだ。

「だから僕たちは、作りました。人間が最大限の知的活動を行えるよう、その生活を助けるサポートロボットを。名前は――ソルトです」

　僕が指をパチンと鳴らすと。壮大な音楽と共に、ソルトが入ってくる。

　そしてソルトは、料理をはじめる。

　抑えたざわめきが、講堂に響く。

　僕はアイコンタクトで、ソナタにバトンを渡した。

「はい！　ソルトはですね、さまざまな人間の活動をサポートするために作られています！　今は料理を作っていますが、レシピを入力するだけでは、ロボットに料理を作らせることはできません。これは実際に毎日毎日料理を作って、それを動画として撮影、その情報を人工知能で処理することによって、食材の種類を認識し、毎回異なる状況に対応しています」

　さっきまでの緊張はどこへ行ったのか、ハキハキとして堂々としている。彼女が出てくるだけで、講堂全体がパッと明るくなる気さえした。ピアノをやっていてステージに立ち慣れていることが、こんなに影響を与えるとは、今日本番を迎えるまで考えもしなかった。

「デザインもちゃんと考えました。ロボットは、そのままだと怖い印象になりがちです。かといって、人間に近づけすぎても不気味に見えてしまう。身近で家電みたいな安心感を目指して作りました。名前もそうです。多くの料理って、塩を使いますよね。でも、塩味を意識することは、ほとんどない。いつも脇役で、でもいないと成り立たない。そんな存在になってほしい。だから、ソルトと名付けました！」

料理をするソルトの姿は、どこか親しみを感じさせる。

ソナタのスケッチを基にプリントしたその外装は、しっかり目的を果たしていると言えた。

「このデモではまだ、料理しかできません。でももっといろいろな可能性がソルトにはあります。たとえば、学校をはじめとした公共施設の清掃など——」

そう続けるソナタを見ながら、僕はこれまでのことを思い出していた。

〈次世代高校生プログラム〉に合格したときは、こうなるとは思っていなかった。

庄一と別のチームになることも。

ソナタと組んだことも。

そして稲葉に出会うことも。

なにもかも、予想外の出来事だった。

もし当初僕が想定した通りに物事が運んでいたら、ここには辿《たど》り着《つ》いていなかっただろう。

庄一と組んで。

別のメンバーを入れて。

いや、そうだとしたら、稲葉はそもそも姿を現していなかった。

彼女は最初から、僕に会いに来たのだ。どの仮定も、それを回避することはできない。

だとしたら、今ここでこうしていることは、必然なのだろう。

照明に照らされて、ソナタの額に、汗が滲《にじ》んでいるのが見えた。

朗々と話してはいるが、決して楽々とではない。

なんとしても、1位を取りたいと思う。

しかし、そのためには、最大の障害を突破しなければならない――

「ありがとうございました。いやあ、素晴らしいデモだったのではないでしょうか。デモ・オア・ダイでいえばとりあえずダイではないでしょう。ここからは質疑応答です。相変わらず素人《しろうと》質問で恐縮ですけどね」

今までいくつものチームが、その素人《しろうと》質問にあえなく沈められてきているのを、この講堂の誰もが見てきた。今やそれを冗談として笑う人間は、ひとりもいない。

「ではまず一点目から、映像データの処理手法ですが――」

湖上教授の質問は、技術的な質問ばかりだった。僕とソナタは、それぞれ自分が答えたほうがよいと判断したものを受け持ち、それを捌《さば》いていく。

稲葉にみっちりと教えてもらった技術的な内容は、今となっては僕たちの血肉になっていた。仮に稲葉が作ったもので、彼女にしか理解できない言語で書かれていたとしても、その原理は普遍的だ。そこにメカニズムが存在する以上、決して説明不可能ではない。

やがて幾つか、質問が続いた後。

湖上教授は、とうとう核心に迫った。

「――えー、では最後に。このチームは3名で構成されている。そうですね？」

「はい」

「川ノ瀬初くん、深森ソナタさん、そして、水溜稲葉さん。このコンペティションの要件は、いかなる理由があろうとも、チーム全員で取り組み、この場を迎えることです。これは最初のオリエンテーションで説明しましたよね。理解はしていますか？」

「はい。理解しています」

「では聞きましょう。水溜稲葉さんは、なぜいないのですか？」

この質問だ。

この質問に、僕たちは答えなくてはならない。

僕は一言で答える。

「体調不良です」

湖上教授の眉が、ぴくりと動いたのがわかった。

「体調不良、体調不良ね——」

湖上教授は、稲葉と親しい様子だった。稲葉が病に伏していることも、知っているかもしれない。体調不良とだけ言えば、おそらく察してくれる。そして高校生で肺がんで手術を受けているというのは、十分情状酌量に値する要素だろう。

それを公言してしまうことは、したくなかった。

稲葉は、僕たちにその病を隠し通そうとしていた。

なら、僕たちが、勝手に開示するわけにはいかない。

なにせ稲葉は有名人だ。天才高校生が、実は病で死にゆく運命であった。そんなことが今ここで明かされれば、それはとんでもない話題になってしまうだろう。稲葉の研究にも影響が出る可能性は極めて高い。最悪、研究どころではなくなってしまう可能性もないわけではない。彼女の時間は、残り少ないのだ。どこまでも貴重な時間を、余計なことに使わせるわけにはいかなかった。

だから、その話は、絶対にしない。

それが僕とソナタの約束だった。

「——まあ、全員いないといけないから、体調が悪いけど出席した。そういう人もこの中にはいるはずでしょうけどね。しかし、それがどれくらい重いのかはわかりませんから。体調不良は仕方がないという向きもあるでしょう」

湖上教授は珍しく、歯切れが悪そうに考えながら言葉を選んでいた。

僕はそれを聞いて確信する。僕たちの意図は、伝わった。

「しかし、ですよ」

ところが、湖上教授は先を続けた。

「水溜稲葉さんは、いささか特別な生徒です。客観的に見てもすでに修士号ふたつと博士号をひとつ持っているわけですから、やはりその固有の事情を考慮しないわけにはいかない」

まっすぐ僕たちに向けていた今までの言葉とは少し響きを変えて、講堂全体に響くように、湖上教授は述べた。

「彼女がここにいないということは、今、このチームの研究と発表について、彼女が同意しているかどうかがわからないわけですね。つまり、こういう可能性がある——」

報道のカメラのレンズが、きらりと光ったように見えた。

「——おふたりは、水溜稲葉が体調不良で倒れたのをいいことに、その製作物を無断で使用しているのでは？　どうです？　それを否定できますか？」

「そんな！」

今までじっと聞いていたソナタが叫び出しそうになるのを、僕は腕を広げて制した。

「特典そのものを得られるのは1位のチーム全体ですが、そうでなくとも、課外活動として大学入試の選抜においては有利に働く実績でしょう。ここでプレゼンテーションをするだけでも、スポーツでいうならプロ野球選手になるのと同じくらいの難易度です。見ての通り、ここには報道もたくさん入っていますね。あなたたちの発表は、こうして記録されている。自分がやったという明確なプルーフになるわけです」

湖上教授は、淡々とそう説明していく。

「だから水溜稲葉に開発させておいて、その手柄だけを自分たちが得る。チーズを見つけたネズミを殺して、自分たちがそれを分け合う。そうすることにも、一定の合理性があると言わざるを得ませんよね？」

僕はその意図を理解する。

これは、湖上教授がそう思っているのではない。

そのような疑惑を持たれたときに、否定するすべがないと、そう言っているのだ。

湖上教授は、僕の目をじっと見つめる。それから、ゆっくりと、マイクに声を入れた。

「もう一度聞きますよ。それを、否定できますか？」

そこに浮かんでいるのは、疑惑でも悪意でもない。

苦しみと、祈りだ。

どうか伝わってくれと。

答えを持っていてくれと。

そういう目。

僕は大きく息を吸って、それから吐いた。

ここまでだ。

「……できません」

ざわめきが、講堂に満ちて。

湖上教授は、皺《しわ》の寄った手で、額を押さえた。

「水溜稲葉がここにいない理由は、体調不良です。そしてその疑問に答えるためには、本人に話してもらう他ありません。でも彼女に必要なのは休養です。よって、それは否定できません」

ソナタがうつむいて、唇を噛《か》んでいた。血がにじみそうなほどに。

まあ、仕方がない。やれるところまではやったのだ。

そもそも稲葉がいなければ、ここまで来ることはできなかった。

その稲葉が倒れたのなら、このプロジェクトも倒れる。それだけのことだ。

チームから、誰かひとりが欠けたら、それはやはり、成立しないのだ。

「……それでは、質問は以上です。では、次のチームは準備を――」

苦渋をにじませながら、湖上教授がそう促した瞬間だった。

〈待たせたわね〉

そう、声が響き渡った。

どこから聞こえてくるのかわからない声は、まるで天啓のように鳴る。

僕とソナタは、顔を見合わせた。

それがどこから聞こえてきたのか、わかっているのは僕たちだけだった。

ソルト。

その縦に並んだふたつのＬＥＤが、高速で交互に光っている。

やがて、ソルトはその場で回転をはじめた。

ぐるぐると回るその回転は、やがて速度を上げていき。
まるで講堂の喧騒《けんそう》を巻き込むように。
一定のところで、ぴたりと止まった。
そしてソルトの顔から、空中に映像が投影される。
〈私が水溜稲葉よ〉
そこにいたのは。
間違いなく。
彼女だった。
「稲葉！」
「稲葉ちゃん！」
僕たちは思わず叫んでしまう。
彼女の口には、あの透明なマスクが装着されていた。
〈遅れたことについては謝罪するわ。理由については見ての通り〉
そう言って、稲葉は腕を広げる。
病室のベッドに、横たわったまま。
〈私は、肺がんと診断されているわ〉
講堂は大騒ぎになっていた。

それはそうだろう。

この場に、特殊な方法で稲葉が現れただけではなく。

その稲葉が。誰もが認める天才高校生が。

重い病に侵されているというのだから。

〈現状は、手術と再発を繰り返している。少し前に手術をして、肺の一部を切除したわ。確認は病院にいくらでもできるでしょう。診断書を出してもいい〉

ソルトが講堂を見渡して、それにともなって、投影された稲葉の顔も揺れ動く。

それから、稲葉はマスクを外した。

数度、ごほんごほん、と咳《せ》き込むが、すぐに呼吸を整え、堂々と宣言する。

〈これまでのふたりの発言については、私の病状について、プライバシーを尊重してくれたということです。しかし、私は現状を鑑《かんが》み、自らの置かれた状況を明らかにすることを決意しました。川ノ瀬初。深森ソナタ。ふたりがいなければ、ソルトは現在の状態にはなりませんでした。私が病床にありながら、製作物を通じてこのプログラムに参加することができたのは、ふたりのおかげです。ありがとう〉

そこまで言うと、稲葉は咳《せ》き込んで。

また透明なマスクを身につける。

ソルトのＬＥＤが、再び交互に光って。

それから、力が抜けたように、うなだれた。

それがログアウトを意味することは、誰の目にも明らかだった。

やがて、どこからともなく、拍手が起こる。

最初にそれをはじめたのが。

庄一の隣に座った、あの派手な女の子だったことを、僕は見逃さなかった。

それはすぐに隣の庄一に移り。

そしてまた、新たな生徒に伝わり。

やがて炎が燃え広がるように、万雷の拍手になった。

湖上教授は一瞬だけ俯《うつむ》いて満足そうに笑うと、すぐに深刻な表情を作り直す。

それからマイクに向けて、大きな声で叫んだ。

「静かに！　しーずーかーに！　わかりました。質問については十分な回答をしてもらいました。選考については、この質疑応答を基に、純粋に発表内容が本プログラムにふさわしいかどうかを基準に、厳正に行われます。また本プログラム内容における研究発表以外の情報については、プライバシーを最大限尊重することをこの場にいる全員に強く求めます。いいですね！」

それは明らかに、余計な疑惑や過剰な物語を封じる、報道へのプレッシャーだった。

僕たちは、設営した簡易キッチンを片付けつつ、自分たちの席に戻った。

狭い席に、肩が触れ合うようにして座った僕は、ソナタの方を見る。
彼女もまた僕のほうを見つめていて、僕たちは目線を合わせた。
ソナタは、にっこりと笑うと。
「映画だと、こういうとき、こうするんです」
そう言って、拳を僕に突き出した。
僕は、やれやれ、という顔をして見せてから。
笑いたいような、泣きたいような、そんな気持ちで。
彼女の拳に、自分の拳を当てた。
そして僕たちは、ふたり並んで。
〈次世代高校生プログラム〉の、最後のフェーズを、見届けたのだった。

第十二章 FALLING

結論から述べよう。

僕たちは、1位にはなれなかった。

コンペティションの結果は、2時間ほどのクローズドな議論の後、すぐに講堂で言い渡されることになっていた。

1位になったのは、庄一《しょういち》たちのチームだった。

庄一たちが飛び上がって喜んでいて、僕も素直に嬉《うれ》しかった。実際に内容は非常に良かったし、僕たちに巻き込まれて作り直す羽目になった自動運転車両は、その前より圧倒的に洗練されていた。なにせ一度は衝突した僕が言うのだから間違いない。あの派手な女の子とは抱き合って喜んでいた。ああいう気が強い、しかして少々めんどうくさいところのある女の子が、庄一には似合っていると思う。一緒になったとして、長続きするかどうかは、わからないけれど。

一方、庄一本人はといえば、僕たちのチームの発表にいたく感動したようだった。絶対に水《みず》溜稲葉《たまりいなば》と同じ大学院に行く、と何度も言っていた。開発を続けるのかと聞かれたので、その予定はないと答えると、俺がやりたいくらいだといつになく真剣な顔をしていた。多分、稲葉自身はふたつ返事で許可すると思うが、とはいえ、研究データはすべて稲葉の言語で書かれている。それが読めなければどうしようもなかった。いつかそれが読める人が現れれば、日の目を見ることもあるかもしれない。

僕にとって、大きく変わったことはふたつあった。

ひとつめ。久々に父さんに連絡を取った。父さんは僕たちの発表を見たと言っていた。あれだけ大々的に報道されて動画も残っているから、海外からでも簡単に見られるのだろう。工学系の父さんは、僕たちがやったことがいかに技術的に高度なことであるかを興奮しながら語っていた。

今度帰国するときに、母さんの墓参りに行こう、と僕は提案した。父さんはたっぷり数分考えた後で、そうだな、と言った。それが父さんにとって、とても大きな一歩であることを、僕は理解していた。もちろん、僕にとっても。

まあ、家は一度稲葉に破壊された上で再建され、様子がだいぶ変わってしまったので、多分帰ってきたら驚くだろう。母さんとの思い出がある家が、恋しくないわけではない。けれど、僕たちはずっと同じように生きていくことはできない。こうやって人は、前に進んでいく。そのはずだ。

そして。

変わってしまったことのふたつめが、僕の前に、姿を現す。
ガチャリ、と鍵が開く音が、帰宅を告げて。
僕は玄関のドアを開ける。
そしてそこには、彼女が立っている。
僕は、彼女の1位になりたいと思ったし。
彼女は、僕が見つけた、僕にとっての1位だった。
だから僕たちは、一緒に暮らすことにしたのだった。
「おかえり」
僕がそう言って。
「ただいま」
彼女がそう応える。
そして僕たちは、世界で一番長い、キスをした。

メイクアガール
MAKE A GIRL

[episode 0]

―エピローグ― ONE TO ZERO

〈次世代高校生プログラム〉に関連する一連の計画は、私の研究史の中でも、もっとも難航したもののひとつとなってしまった。

想定外の事態が多かったことは、事実として認めざるを得ない。しかし根源的な原因は、私自身と、達成されるべき目的のミスマッチによるものである。

私は自らの身体寿命が、決して長くはないことをすでに知っていた。人間の肉体は腹立たしいほど脆弱《ぜいじゃく》だ。しかし、それを克服しようとするのもまた人間である。私のような天才によるその繰り返しが、人類の文明を切り開く機序そのものだ。

死を回避すること――すなわち私と同等の知的活動が可能な代替の肉体を作ることが、私の目標だった。人間の知性は、脳に依存している。そして脳は身体《からだ》と、私の場合は肺と切り離すことができない。

当初は人工知能とロボットを使い、そのプラットフォームで私の知性を走らせることを考えた。私はこれを、第二人類と呼称していた。しかしこれは結果としてうまくいかなかった。私の知性を受け入れるためには、機械の肉体は狭すぎた。不完全な知性により自らの存在を無限に再定義してしまい、結果として自壊してしまうという皮肉なループバグを解決できなかった。間に合わないリスクを考えれば、別のプランも進めておくべきである。

次に考えたのが、人間の肉体をベースにすることだ。すなわちクローニングを用いた生物工学的アプローチである。現状、私の知性は私の肉体というハードウェアの上に稼働《かどう》している。その複製であれば、当然私の知性も受け入れられるはずだ。

しかし、ここには大きな問題があった。

私は病ゆえに肉体を失おうとしている。ここで私の肉体を完全なかたちで複製してしまえば、病もまた再現されてしまう。それでは本末転倒なのだ。

そこで私はもうひとつのアプローチを検討する。

もともと私の身体《からだ》に備わった、人間を複製する機能を使用すること。

すなわち、妊娠と出産である。

私の肉体そのものがXX染色体を持つメスである時点で、すでに複製システムは完成している。この手法の最大の利点は、すでに存在するシステムを使用するだけで済むということである。また私そのものではなく別の遺伝子が導入されるため、病の危険性もある程度減らすことができる。受精卵の時点で遺伝子チェックをすれば盤石だろう。問題があれば次を装填すればよいのだ。

だから私は、父親を探した。あらゆる情報にアクセスし、条件に合う相手をピックアップ、ある程度の期間追跡して調査することで、選定を確実なものにした。基準は多岐にわたるが、まず最低限の条件として、私と同等とはいかなくとも、私の知性を損なわないレベルの先天的な知性を持ち合わせていること。そして、私にない有利な形質を持っていることが望ましいと考えていた。現在の私を構成する要素は、私自身と切り離すことができない。しかし別の遺伝子を得て私を作り出すことが可能なら、新たな要素を付け加えることが可能になる。

私は第二人類の失敗を通じて、自分自身が原理的に持ち合わせない要素に気づいていた。

それは、失敗に対する耐性である。

私は基本的に、失敗しない。実験結果が事前に立てた仮説と異なることはあっても、それは未知の事象の確定であって、失敗ではない。

しかし、私の複製はそうはいかない。人間の肉体を新しく作るなら、すべての思考様式を最初から完成された状態でインプットしておくことはできない。試行錯誤しながら学習していくことが避けられないのである。手の届かない遠い目的を達成するために、粘り強く努力する力が求められる。そうでなければ、成長が途中で中断してしまうことになりかねない。

その条件に合致する相手を見つけることは困難だった。その対象が、ある大学のプログラムに参加していたのは幸運という他ない。母親を失っているという点も、心理的な脆弱性《ぜいじゃく》としてうまく利用できそうだと思った。あとはこの相手を誘惑し、性的接触を経て、受精卵を確保すれば、すべては完了するはずだった。

しかし、それが難航した。

なぜなら、私にとって、恋愛というものは、まったく理解不能な現象だったからだ。まったく非合理的なその現象を理解し再現することが、この計画では求められた。とにかく、相手を喜ばせればよいのだろうと私は考えた。しかしそれを人工的なアプローチで再現するのは容易ではなかった。私はこの世界に存在するほとんどの分野について天才といえるが、人間心理という分野については凡才以下であったことを、認めなくてはならないだろう。単純な性的アピールだけでは、現代社会で特定の対象と性的接触を持つことは難しい。

まずは相手を喜ばせ、メリットを提示する。

そうすればミクロ経済学的に、私を選ぶだろう。

あとは衝動を引き起こす肉体的な誘惑が、最後のひと押しになってくれるはずだ。

その原則に従って行動していたのだが、なかなか想定通りに進展しなかった。

強力な競合すら登場してしまったが、私は差別化を繰り返し独自性をアピールすることで、最終的に対象を獲得することに成功した。

私は、彼の1位として、指名されたのだ。

困難な道のりだったが、学んだこともあった。それはチームという概念の有効性だ。人間は社会的な生物である。ひとつの個体にもしエラーが発生したとしても、他の個体がフォローすることが可能だ。今回は私という個体がひとつしか存在しないことの脆弱《ぜいじゃく》性が明らかになってしまった。永続性を確保するためには、やはり私は複数個存在し、相互にバックアップしながら存在していくことが望ましいだろう。

それは、現在の社会における言語概念では、こう呼ばれている。

家族、と。

しかしこの計画は、思わぬところで頓挫してしまう。

対象が、私の意図に、気づいてしまったのだ。

いや、それは必然だったのかもしれない。私は最初から、高い知性を持った個体を選んだ。だとすれば、私の目的を推察されてしまう確率も上がる。

結果として、対象は私の前から去った。その先どうなったかは不明だが、おそらくは競合が対象を獲得したのだろう。

そのため、私は計画の大幅な見直しを迫られることになる。

最初から完全な肉体を用意していては時間が足りない。そのためまずは不完全さを許容した繋《つな》ぎとなる一番目の個体を用意し、その個体に完全な肉体を持った二番目の個体を創らせる。そしてバックアップした私の精神を二番目の個体にインストールし、最終的にはふたつの個体が相互補完的に機能する。

これは遺伝子を操作したクローニングとなるため、解析と組み換えに時間がかかることが予想された。私の病と、どちらが早いか。最初のプランがうまくいかなかった以上、リスクは飲まなければなるまい。一番目の個体については、見切り発車しなければならない可能性もある。そのためにも、やはり不完全な状態でも完璧を目指して努力し続ける能力は不可欠だ。性的接触による自然な妊娠には失敗したが、体細胞――髪の毛のサンプルは入手することができていた。

私はその遺伝子を部分的に使用し、XY染色体を持つオスとして、一番目の個体を調整することにする。

つまり、私は、私だけの家族を作るのだ。

産むのではなく、この両手で。

この家族という概念をベースにした、相互補完的な代替肉体の構成プロジェクトを、私は第三人類と名付ける。

この研究について下準備をするためには、生物工学について学び直す必要があった。学習そのものは苦ではないが、私に残された時間は少ない。より効率的に情報を有限化するため、そして政治的に力のある教授にコネクションを作るため、当該分野でもっとも研究が進んでいるアメリカの大学でしばらく研究を行うことにした。期間としては6年程度だろうか。

その後は日本に戻り、第三人類、その一番目の個体の教育をはじめたい。

湖《こ》上《がみ》早雲《そううん》教授は、その子息もさまざまな分野で研究者として活躍していることが知られている。年少個体への指導の方法そのものについて、実績と才能を持つ。高齢ではあるが健康状態はよいので、もう少し生存するだろう。城北大学《じょうほくだいがく》ロボット工学研究室に博士課程の学生として所属するのもいいかもしれない。6年とは、通常の日本のカリキュラムであれば、ちょうど学部を卒業し修士課程を修了する期間である。もしかしたら〈次世代高校生プログラム〉に参加した学生と同期になることもあるかもしれない。

紆余《うよ》曲折《きょくせつ》はあったものの、私の計画は、順調に進んでいた。

しかし、ふと思うことがある。

この計画の過程で、私の身体《からだ》が見せた反応——表出された感情は、果たしてすべて、演技だったのだろうかと。

対象と接していると、言いようのない感覚を得ることがあった。それは化学的にいえばドーパミンやオキシトシン、あるいはβ—エンドルフィンといった物質が脳に作用することによってもたらされるものなのだろう。その感覚をどのように定義するかは難しい。単純に同様の化学物質を脳に作用させて再現できれば還元できたと言えるのだろうが、そこにはなにか現象の総和以上のものがあるのではないかと、直観的にそう感じていた。

もし、この仮説を採用し、概念を当てはめてモデル化するなら、こういうことになる。

あれはきっと私にとって。

最初で最後の、恋だったのだろう。

メイクアガール

MAKE A GIRL

[episode 0]

あとがき

こんにちは、池田明季哉《いけだあきや》です。この小説を書きました。

本作は安田現象《やすだげんしょう》さんが手掛けた劇場公開映画『メイクアガール』のノベライズの一作であり、水溜明《みずたまりあきら》の〝母〟である水溜稲葉《いなば》を主人公とした、映画本編の前日譚《たん》となります。

『メイクアガール』の脚本をはじめて読んだとき、僕は水溜稲葉というキャラクターに強く心を動かされました。恋をした、といってもいいかもしれません。未見の方のために詳細は省きますが、彼女こそが『メイクアガール』という物語の主人公なのだと思いましたし、なにより物事に向き合う姿勢に、果てしない共感を覚えたのです。

人間の肉体はあまりにも脆弱《ぜいじゃく》だと、僕は常々思ってきました（口癖のように実際に言ってもきました）。眠らないといけないこと、食べないといけないこと、たまに風邪を引くこと、すぐ死ぬこと、どれも制作に打ち込む上では煩わしくて仕方がありません。僕は天才ではないのでそれを克服する方法は思いつきませんでしたが、水溜稲葉はそんな不可能に果敢に挑み、実現のために最短距離を走っていくのです。たとえその結果、誰かを傷つけるとしても。

そんなわけで、水溜稲葉を主人公にしたスピンオフを書きたいと企画を出し、ＯＫをもらって書きはじめました。しかし制作は極めて難航しました。もう少しコミカルでライトな、たとえるなら『ドラえもん』や『キテレツ大百科』のようなトーンのものを書こうと考えていたのですが、水溜稲葉とその運命について描くためには、ある程度シリアスになることは避けられないだろうと、僕の恋心は叫んでいました。結果、幾度かの往復を経て、最終的に本作は青春群像劇に近いものになりました。ずいぶん各方面にご迷惑をおかけしながら書きましたが、これがやはり正しいかたちであると、改めて読み返しながら思います。

この物語は、たとえるなら『スターウォーズ』のエピソード1～3に相当します。アナキン・スカイウォーカーがいかにしてダース・ベイダーになったのかを描くのが、この本です。それは息子であるルーク・スカイウォーカーの活躍を描くエピソード4～6へと繋《つな》がっていく。『スターウォーズ』がプリクエルから見てもオリジナルから見てもいいように、時系列で本書から読んでもいいですし、先に『メイクアガール』本編に触れてから遡ってもいいように書いてあります。ぜひ何度も往復しながら読んでみてください。

『メイクアガール』の世界観を借りて、そこに生きているであろうキャラクターたちのことを考え、その人生に思いを馳《は》せることは、とても楽しい時間でした。もしこの物語を読んで得るべきものがあったなら、それは僕の手柄ではなく、安田現象さんという稀代《きたい》のクリエイターの想像力がいかに素晴らしいかの証明でしょう。

それではいつか人類が、億劫《おっくう》な生から、あるいは不可避の死から、開放される日を願って。

池田明季哉

See you later, alligator!

◉池田明季哉著作リスト

「オーバーライト　――ブリストルのゴースト」（電撃文庫）
「オーバーライト2　――クリスマス・ウォーズの炎」（同）
「オーバーライト3　――ロンドン・インベイジョン」（同）
「アオハルデビル」（同）
「アオハルデビル2」（同）
「アオハルデビル3」（同）
「メイクアガール」（同）
「メイクアガール　episode 0」（同）

本書に対するご意見、ご感想をお寄せください。

ファンレターあて先
〒102-8177　東京都千代田区富士見2-13-3
電撃文庫編集部
「池田明季哉先生」係
「安田現象先生」係

本書は書き下ろしです。

電撃文庫

メイクアガール

episode 0

池田明季哉《いけだあきや》

原作／安田現象《やすだげんしょう》・Xenotoon

2025年2月10日　初版発行

発行者　山下直久

発行　株式会社KADOKAWA

〒102-8177　東京都千代田区富士見2-13-3

0570-002-301（ナビダイヤル）

装丁者　荻窪裕司（META＋MANIERA）

印刷　株式会社暁印刷

製本　株式会社暁印刷

●お問い合わせ

https://www.kadokawa.co.jp/（「お問い合わせ」へお進みください）

※内容によっては、お答えできない場合があります。

※サポートは日本国内のみとさせていただきます。

※ Japanese text only

※定価はカバーに表示してあります。

ISBN978-4-04-916059-8　C0193　Printed in Japan

電撃文庫　https://dengekibunko.jp/